Maria

Du même auteur
(Extraits)

Aux Éditions Héloïse d'Ormesson

Les Normales saisonnières, 2007. Pocket, 2009.
L'Ombre des voyageuses, 2006. Pocket, 2008.
Méchamment dimanche, 2005. Pocket, 2006.

Chez d'autres éditeurs

L'Ange étrange et Marie-McDo, Fayard, 2010.
La Montagne des bœufs sauvages, Hoëbeke, 2010.
Les Promeneuses sur le bord du chemin, Phébus, 2009.
C'est ainsi que les hommes vivent, Denoël, 2003. Le Livre de Poche, 2006.
L'Été en pente douce, Folio policier, 2001.
Natural Killer, Rivages, 2000.
Forêt muette, Verticales, 1998. Points Seuil, 2000.
Série « *Sous le vent du monde* », avec la collaboration d'Yves Coppens
Ceux qui parlent au bord de la pierre (t. 5), Denoël, 2001. Folio, 2003.
Avant la fin du ciel (t. 4), Denoël, 2000. Folio, 2002.
Debout dans le ventre blanc du silence (t. 3), Denoël, 1999. Folio, 2001.
Le Nom perdu du soleil (t. 2), Denoël, 1998. Folio, 1999.
Qui regarde la montagne au loin, Denoël, 1997. Folio, 1997.
Les caïmans sont des gens comme les autres, Denoël, 1996.
Une autre saison comme le printemps, Denoël, 1994.
Ce soir, les souris sont bleues, Denoël, 1993. Folio 1999.

Pierre Pelot

Maria

Roman

Éditions Héloïse d'Ormesson

www.editions-heloisedormesson.com

ISBN 978-2-35087-155-4

UN PEU DE BLANC DANS BEAUCOUP DE PLUIE, la méchante neige s'était mise à tomber en même temps que la nuit, à la sortie de la ville illuminée.

Des nœuds de fatigue s'étaient serrés plus durs entre ses épaules, les ankyloses et les crampes dans ses cuisses et mollets. Il avait failli s'arrêter sur une aire de stationnement, puis dans un café en bord de rue du premier village traversé, après Remiremont, mais il avait résisté, se disant qu'il touchait au but, qu'il ne lui restait guère plus d'une vingtaine de kilomètres – une vingtaine de kilomètres, après plus de 700 –, et il avait pris la voie rapide au flanc de la vallée qui filait presque droit à l'écart des villages.

La neige pourrie s'était épaissie. Les flocons plaqués au pare-brise tenaient une seconde avant de fondre. Cette averse voltigeuse l'avait surpris. C'était peut-être un peu tôt dans la saison. Il y avait encore beaucoup de feuilles aux arbres, jaunes et flamboyantes, pareilles à des flammes durcies. La neige, en principe, tombait après la chute des feuilles, non ? Il l'avait toujours cru, en tout cas.

Mais en vérité il ne savait rien de l'hiver ici. Ni des températures de saison.

Il ne savait rien de la région. Ça ne lui était jamais vraiment venu à l'esprit qu'on pût y vivre. Son père qui en venait ne lui en avait jamais vraiment parlé. Ou alors si loin qu'il ne s'en souvenait plus, n'en gardait que des images brumeuses et vagues. Quelques clichés, bien sûr, à se mettre sous la dent, pas mieux. La ligne bleue des Vosges, les bûcherons vosgiens, la Bête des Vosges, l'affaire Grégory... Comme des sortes d'accrocs dans un paysage lisse de montagnes rondelettes couvertes de sapins.

Il les avait aperçues au loin, les montagnes, en cache dressé devant l'horizon, un peu avant que le ciel se change en encre boueuse et que la nuit mélangée à la fange céleste s'affale, écrabouille et noie tout cela dans la brume sale et la bouillasse de neige et de pluie.

C'était devenu épais et noir au-delà des lueurs jaunes irisées crachées par les rampes routières, une gangue étrillée par les illuminations de villages, crevée par les éblouissantes claques des phares des voitures et camions qu'il croisait. Tous ces gens conduisaient à une allure plutôt téméraire sur une telle route luisante et chuintante, dans les sautes de l'averse ; il lui semblait que les limitations de vitesse n'avaient pas vraiment cours...

Il ne se sentait pas en mesure de pratiquer ici, dans son état de fatigue et ces conditions météorologiques, ce qu'il se permettait sur les routes de sa région. Mais pouvait comprendre l'intrépidité des habitués immatriculés « 88 ».

La station de Radio Bleue dénichée par hasard au fil des ondes FM quelque temps auparavant le lâcha, à l'entrée de la bourgade. Le Thillot. Le son baissa et crachota et fut remplacé par des borborygmes, puis une chanson lointaine, puis des propos en langue étrangère qui se superposèrent en hoquetant.

Il appuya sur la recherche scan et entra dans la ville.

La rue centrale était très éclairée, les devantures des magasins crachaient des torrents de lumières flamboyantes. Une pellicule blanc-gris commençait de couvrir les trottoirs, les parapluies, bonnets et capuchons des passants.

Un panneau accroché à une façade annonça l'heure et une température de 1 °C, en lettres et chiffres rouges qui défilaient, à son passage.

La recherche radio s'arrêta brusquement sur une station audible, le faisant sursauter. Il baissa le son.

Une sorte de jingle musical égrena quelques notes allègres et une voix qu'un accent traînant alourdissait fortement invita les auditeurs à retrouver « notre conteuse fidèle au rendez-vous ». La conteuse toussota, se racla la gorge et échangea quelques propos de mise en train avec le présentateur, des salutations, à la bonne franquette. Une de ces radios associatives locales comme il en fleurit en toutes régions.

La route transformée en rue principale traversait le village sur six ou sept cents mètres.

Il était sur le point de faire demi-tour jusqu'à la pizzeria entrevue un instant auparavant, pour y manger, souffler et demander son chemin jusqu'à l'hôtel réservé, quand il s'aperçut qu'il se trouvait devant l'entrée de l'hôpital rural.

Un mur d'enceinte longeant le trottoir, un grand portail entre ses piles de pierre taillée ouvert sur une vaste cour bitumée qui faisait office de parking, devant la façade très éclairée d'un bâtiment de trois étages. Il prit à droite et entra dans la cour. Les voitures étaient garées sur deux rangs, plus ou moins serrés à droite et à gauche, pour la plupart blanchies. Le sol zébré des traces en larges courbes laissées par les véhicules qui avaient quitté les rangs depuis peu, ou qui y étaient arrivés.

Il entendit prononcer le nom de Maria par le présentateur-animateur de la radio au moment où il se garait en extrémité de la première file, pratiquement face à l'entrée de l'établissement. Une légère exclamation de surprise fusa d'entre ses lèvres. Il jeta à l'autoradio un regard incrédule, monta le son.

La voix était celle d'une femme âgée, avec des pauses hésitantes, parfois dans un mot, où on ne les attendait pas, marquant des difficultés de respiration, le souffle court. Disant :

– *... L'an 1000 passera sans fracas, pas plus que d'habi...tude en tout cas. Pourtant les donations aux églises et aux monas...tères se multiplient, faites par des riches apeurés, des pèlerins fortunés craintifs.*

– *La peur du millénaire qui s'achève*, dit la voix du présentateur, éloigné de son micro.

– *C'est cela... Les froustiers et autres occupants de la montagne des Vosges ne sont pas touchés par ces crises de contrition. Ils restent directement annexés aux empereurs d'Allemagne et plus directement aux chanoinesses de l'abbaye et à l'église Saint-Pierre de Remiremont qui possède les droits d'usage et de parcours échus aux tenanciers des manses dont elle est propriétaire, dans les vallées de Moselle et de Vologne.*

La pluie prenait le dessus. Une petite pluie fine qui picorait le pare-brise.

Il s'étira, les pieds calés au bout du tapis de sol, poussant du dos contre le siège. Engourdi de partout. La contraction des muscles de ses jambes provoqua une crampe dans son mollet droit qui lui arracha un gémissement. Il ouvrit sa portière et quitta la voiture précipitamment, claudiquant sur une dizaine de mètres avant de revenir s'abriter.

Un couple qui sortait de l'établissement et se dirigeait d'un pas vif vers l'autre bout du parking lui lança des regards intrigués. Il remonta dans sa voiture et claqua la portière, croisa les bras serrés sur sa poitrine. Une goutte de pluie coula de ses cheveux sur son front et au coin de son œil.

– … *Des prêtres séculiers qui habitaient dans les paroisses environnantes desservaient, à la place des moines bénédictins, l'église de l'abbaye. Ils recevaient pour leur service une prébende, en d'autres termes des revenus d'exploitations appartenant à l'église.*

Le duc Thierry fit construire un château fortifié à la limite de son comté de Habend, avant qu'existe Remiremont, près de la bourgade d'Arches, pour assurer la défense des lieux. Un haut officier capitaine en recevait le commandement militaire, le droit d'appel aux armes, ainsi que le grade de chef d'administration et des tribunaux. Il en fut ainsi jusqu'à ce que ce… ce capitaine soit remplacé par un lieutenant et que soient confiées à un autre officier, le prévôt, l'administration et la justice. Sous cette gouvernance, les froustiers conservaient leur statut privilégié conféré par la Lettre… de 822.

Ils bénéficiaient du droit de suite qui leur permettait de se construire une habitation sur un terrain d'une autre seigneurie, de l'occuper avec famille, « marmite et son sel », tout en restant sujets du duc. Après avoir reçu l'autorisation de se trouver un emplacement pour une habitation sur le domaine forestier, un « chèzeau », et de défricher ses alentours, les roturiers d'autres seigneuries pouvaient demander l'assimilation aux froustiers, et jouir de leurs privilèges. Le peuplement de la foresterie a porté un sérieux préjudice à l'occupation des bans qui dépendaient de l'église Saint-Pierre et de son chapitre.

À plusieurs reprises, les abbesses de Remiremont portèrent plainte à ce sujet auprès des ducs de Lorraine, empereurs d'Allemagne, ainsi que des papes…

Un temps de silence pour une reprise de souffle ou une consultation de notes. On entendit un bruit de glissement de papier.

– *Des papes…* fit la voix accompagnatrice masculine, à retardement.

– *Au fil des événements, voyez-vous, Vincent, l'abbaye n'était plus un monastère, puisque les dames n'étaient plus soumises à la loi bénédictine, mais une institution féodale.*

Nouvelle courte pause.

– *Nous en arrivons à la fin de notre émission sur l'Histoire de nos Vosges, et peut-être…*

– *De leur côté*, reprit et continua la vieille dame, ignorant la tentative du présentateur, *les froustiers eux-mêmes furent obligés de défendre bec et ongles leurs privilèges et leurs immunités contre les infiltrations des pouvoirs ducaux. L'empereur en personne leur vint en secours, pour instituer que, écoutez bien, Vincent : … « dans les Vosges, il n'y ait ni forestier, ni voué, ni officier quelconque qui ne soit pas de famille de l'église de Remiremont, et que dans chaque cour il n'y ait pas plus de forestier que le droit antique n'en déterminait. »*

Silence coi de Vincent.

– *Ainsi*, lut sur un ton de conclusion la conteuse, *les contestations et conflits incessants entre les deux parties durèrent près de deux siècles avant que l'église et le duché, l'abbaye et ses voués, représentés par la doyenne du chapitre et le duc Ferry, signent le traité qui établissait et réglementait les droits de chacun. Pour lui seul le clergé conservait la dîme, le duc la propriété et les revenus de ce qui avait été la Foresta d'antan et était devenu haut domaine.*

– *Merci Maria !* s'exclama un peu vite et un peu fort Vincent. *Nous nous arrêtons ici dans cette passionnante histoire de notre vallée que nous conte Maria, notre érudite locale. Maria, je vous dis à demain. Et vous tous qui nous écoutez sur Radio Vallées et Chaumes, je vous dis bonsoir et à demain et vous remercie de votre fidélité.*

Maria ne répondit pas.

Il se dit que Maria n'était sûrement pas présente en chair et en os dans le studio de Radio Vallées et Chaumes.

Un flot de musique explosa qui lui fit froncer les sourcils et il éteignit l'autoradio.

Un instant, le silence redescendu dans l'habitacle de la voiture, il demeura sans bouger, les mains posées sur le volant, considérant la longue et haute façade de l'hôpital rural et maison de retraite, à vue de nez une construction rénovée des années 1970, le mur droit marqué de décrochements à tous les étages, les longues fenêtres aux volets roulants tirés derrière d'étroits balconnets…

Dans une de ces chambres, se dit-il, elle dormait peut-être, ou prenait son repas ? Probablement l'heure du souper était passée. Elle lisait ? Elle regardait la télévision ? Elle avait rejoint dans une salle commune un groupe de pensionnaires ? Comment la vie au quotidien s'organisait-elle dans ce genre d'établissement ?

Étonnant d'être tombé, par le plus pur hasard, justement sur cette émission de radio.

La pluie tournée en crachin saupoudrait le pare-brise. Quatre personnes, un enfant et trois adultes, apparurent au fond du couloir éclairé de l'entrée, les portes de verre coulissantes s'écartèrent devant eux et la femme ouvrit un parapluie pour deux, tenta d'attraper le main du gamin qui s'écarta, coiffa sa capuche et s'en fut en courant, et la femme lui ordonna de ne pas courir et l'homme aussi, ils prirent sur la gauche vers la première rangée de voitures stationnées. La fine pellicule de neige fondue giclait sous leurs semelles. Quelque part parmi les voitures le gamin dut s'aplatir et la femme cria : « Voilà, qu'est-ce que je t'avais dit ? », et l'homme : « Bravo, c'est gagné ! »

Il démarra et tourna dans la grande allée, quitta le parking de l'hôpital rural, reprit la rue en sens inverse.

Les illuminations des devantures, au passage, durcissaient son profil et son nez busqué, brillaient dans les mèches de cheveux qui encadraient son visage, dans les poils de sa barbe courte. Une expression de sévérité collée aux marques de la fatigue qui lui tirait les traits et cernait son regard.

Il trouva facilement l'hôtel restaurant. Se gara dans la cour en retrait de la rue et de l'éclairage des lampadaires en forme de faux becs de gaz. Il prit son sac de voyage sur la banquette arrière et sa veste sur le siège passager. Bretelle du sac à l'épaule, veste sur le bras, il franchit en quatre enjambées la distance de la voiture à la porte de l'hôtel.

Il dit qu'il avait réservé une chambre, et la jeune femme en robe noire et au visage d'une beauté parfaite de l'accueil le confirma, chambre 22. Il demanda s'il pouvait encore manger à cette heure. Elle eut un petit sourire poli et lui assura que oui, bien entendu monsieur, avez-vous fait bonne route ? Il avait fait bonne route. Il avait faim et il était quelque peu fatigué mais il avait fait bonne route, merci. Il proposa de laisser son bagage à la réception pendant qu'il se restaurait, il rejoindrait sa chambre ensuite.

Les murs lambrissés de la vaste salle à manger avaient des reflets de miel, un plafond aux poutres apparentes. Il y avait une quinzaine de tables, trois seulement occupées par des hommes solitaires, chacun un livre ouvert à côté de son assiette...

En fond de salle une télé extraplate accrochée au mur diffusait une émission qui n'intéressait personne, le son au minimum.

Il mangea un potage de cresson, une truite au bleu accompagnée de pommes de terre à l'anglaise, choisit dans les fromages un munster fermier du pays, qu'il ne connaissait pas et trouva délicieux. Pas de dessert.

À la réception la très belle jeune femme de son arrivée était remplacée par un bedonnant d'une quarantaine d'années, dégarni et moustachu, rouge de peau et de poils, qui proposa de lui porter son bagage jusqu'à sa chambre, mais il déclina l'offre. Le type n'insista pas. Il regardait sur son ordinateur portable un film rempli de samouraïs qui sautaient et rebondissaient dans les airs. Entre deux coups d'œil aux envolées des sabreurs, le rouquin assura que la voiture était parfaitement à sa place sur le parking de l'hôtel et ne risquait rien.

L'ascenseur les emporta, lui et son sac de voyage, au 2e. Il y avait des petites lampes au-dessus des portes et la chambre 22 était la première à la sortie de l'ascenseur.

Une chambre aux murs recouverts de frisettes lasurées en blanc, avec une reproduction d'un paysage tourmenté de Vlaminck à la tête du lit. Une table et deux chaises, un placard encastré, une partie étagères et une partie penderie. La salle de bains était spacieuse, avec baignoire, carrelée de faïences blanches à mi-hauteur, les murs et le plafond recouverts de panneaux de liège vitrifié. L'image de la télé murale était déformée selon l'angle de vision.

Il défit son sac et rangea quelques affaires dans le placard, passa par la salle de bains, considéra un instant son reflet avec perplexité dans le miroir au-dessus du lavabo. La clarté crue du néon accentuait les marques creusées de la fatigue.

Il s'étendit sur le lit, tirant de son grand sac la petite sacoche qui contenait son portable, quelques carnets, son appareil photo numérique, un minimagnéto, étala le tout sur le lit à côté de lui.

Il alluma la télé et parcourut l'éventail des chaînes proposées, une douzaine de visibles. Il éteignit.

Il se leva pour fermer le volet de la fenêtre, tirer les rideaux. Il avait une vue sur la rue principale du bourg, dans son axe. La brouillasserie s'était remise à tomber et tournoyait dans les éclats de braises froides des lampes de rue, de nouveau piquetée de quelques flocons. De son poste d'observation, il entrevoyait au bord extrême de l'averse sale et gribouilleuse une partie du parking de l'hôpital rural, un coin du toit du bâtiment creusant le flou du paysage nocturne. Ce n'était pas prémédité.

Il n'avait, avant de venir, pas la moindre idée de l'emplacement de l'hospice, ni de l'hôtel – il n'avait même pas cherché à savoir, persuadé que la bourgade ne possédait aucun plan de ses rues.

Des voitures passèrent, presque silencieuses, traînant derrière elles le bruit de froissement que produisaient leurs roues sur la route légèrement gadouilleuse.

Il ferma les volets et tira le double rideau. Il se coucha, prit le premier carnet à portée de main, l'ouvrit.

Sur la page de garde était inscrit le nom MARIA LŒWELL, en majuscules. Et en dessous du nom une date : 16/11/1921, et en dessous des chiffres : St-Maurice (Vosges).

Un instant il garda cette position, à fixer les noms et les chiffres, hésitant à tourner la page, et finalement ne le fit pas, referma le carnet.

D'entre les pages, une enveloppe glissa et tomba sur le lit, avec le nom et l'adresse de Bastien à Saint-Jean-d'Archères, tracée d'une écriture élégante et fluide, une écriture d'institutrice, qu'une autre adresse et la mention « faire suivre » avaient partiellement recouverte.

Il remit l'enveloppe dans le carnet. Il posa les carnets et tout son attirail sur la table de chevet et au sol, avec la sacoche. Il éteignit.

La lumière de la rue s'infiltrait par les fentes du volet roulant et esquissait des tentatives sauvages d'identification des lieux, dans la chambre. Dehors, partout, sur la rue et le bourg, le monde, pesait un silence d'enfer mort.

Contrairement à ce qu'il avait pensé, il mit longtemps à s'endormir.

Quand ses yeux se fermèrent, il était tout à fait habitué aux marquages de la pièce dans le sombre.

CE N'ÉTAIT PAS UN MAQUIS IMPORTANT, comme il en existait à la Quinsmuss, dans les montagnes entre cette vallée-ci et celle de la Moselotte voisine. Ce n'était pas une organisation structurée, en contact étroit et direct avec les FFL et autres ramifications alliées.

Pour être exact, il n'y avait pas à Saint-Maurice-sur-Agne de véritable maquis, juste des hommes regroupés sous la direction du brigadier forestier Mansy, et qui se tenaient prêts à intervenir pour prêter main-forte à d'autres factions activistes du secteur et aux Alliés, au moment venu de chasser l'occupant.

Le recrutement avait commencé en 1943, dans une discrétion parfaite, en différents points de rendez-vous, chez l'un ou l'autre des premiers membres, dans les vallées de Presles et des Charbonniers, celle de la Goutte du Rieux. Ils furent plusieurs dizaines, au fil des jours et des nuits, à se joindre à cette armée de l'ombre, ces soldats sans uniformes.

Tous connaissaient le pays comme leur poche, les creux et les sommets, les forêts, les chemins marqués comme les sentes, aussi bien que les passages non tracés par des endroits que personne, hormis eux, n'eût imaginé franchissables. Ils étaient pour la plupart chasseurs et promeneurs, bûcherons du pays, braconniers à l'occasion. Ils savaient les caches de trompettes-des-morts comme les terriers de renards et blaireaux, pour ce qui est de la sauvagerie, mais aussi les gués et les chenaux et les traversées des différents « quartiers » du village, les annexes, les lieux-dits, les écarts, égrenés bout à bout sur au moins trois vallées en étoile, de quelques dizaines de maisons à une seule perdue au cul des oiseaux sur le flanc ardu de la vallée, en lisière de forêt, quand ce n'était pas dans la forêt même, au bout du bout de la fin du monde.

Ils mirent au point des plans de sabotage de la voie ferrée qui remontait jusqu'au terminus de Bussang, avant l'Alsace, comme de la route départementale qui, elle, passait de l'autre côté en franchissant le col. Ils ajustèrent les rouages de l'organisation clandestine et organisèrent plus particulièrement le ravitaillement, en vivres et en armes, des autres groupes de résistance. Ils étaient une quarantaine. Certains prétendent davantage, cinquante, soixante, leur nombre exact restera vague à jamais. Bien plus tard, quand les recoupements s'effectuèrent et que les langues se délièrent, les chiffres ne se recoupèrent pas, compte tenu des morts et des disparus qui partirent pour ne jamais revenir et ne purent témoigner, eux.

Les troupes alliées débarquées depuis moins de quatre mois en Normandie avançaient à travers le pays, repoussant irrémédiablement les Allemands vers l'Est et les Vosges où ils envisageaient de dresser une ligne de résistance.

À Saint-Maurice, chaque matin, les occupants embarquaient des hommes du village et les emmenaient sur les hauteurs où ils les faisaient creuser des lignes de tranchées et des trous destinés à abriter mortiers et mitrailleuses, en vue de la prochaine opposition à l'offensive alliée. Les terrassiers étaient reconduits dans la vallée le soir venu.

Les plus violents bombardements des lieux commencèrent le 1er octobre, et les obus étaient anglais, américains… français peut-être. Chaque nuit, le déluge de feu et de flammes s'abattait sur le village et ses alentours, et la population terrée dans les caves attendait que s'éloignent les vagues successives, s'éteigne l'enfer avec l'aube revenue.

Plus de dix mille obus furent largués sur le territoire communal, hachant les forêts, dont on retrouve encore aujourd'hui des éclats dans le cœur des troncs, certains qui poussèrent dans ces secteurs particulièrement pilonnés.

Le matin du 2 octobre, à 8 heures, les hommes de la corvée de terrassement étaient rassemblés comme les jours précédents sur la place, attendant les camions qui devaient les emmener au travail. Nombreux accompagnés de leur épouse, de leurs enfants, de membres de leur famille qui habituellement les laissaient au moment de l'embarquement.

Les voitures arrivèrent par le bas de la rue qui monte vers la vallée des Charbonniers, s'arrêtèrent sur la place dans un grand bruit de moteurs, de freins, et les cris de ceux qui descendirent de ces véhicules de la Gestapo de Nancy. Une vingtaine de soldats brailleurs, agitant leurs fusils et pistolets-mitrailleurs, se ruèrent sur les groupes de travailleurs et les rassemblèrent à grand renfort de braillements et de bourrades de crosses, séparant les femmes et les enfants des hommes qu'ils firent s'aligner sur trois rangs. Certaines femmes qui cherchèrent à rejoindre leur mari furent rudement repoussées à coups de crosse.

Un soldat procéda à l'appel des hommes rassemblés. Les noms jetés dans l'air frais du matin bruissant sous une chape tendue d'étrangeté, déformés par l'accent guttural et que le crieur reprenait plus haut, plus sèchement, si d'aventure un silence trop long suivait son articulation hachée. Les noms en chapelets auxquels répondait une voix plus ou moins assurée, un bref « oui », un « présent » scolaire, un « c'est moi » accompagné d'un geste de la main levée.

Peu d'absents. Sans doute pas un seul…

Alors, un de ces hommes descendus des voitures, un officier, sortit à son tour de sa poche un feuillet qu'il déplia et lut.

Cette fois encore, des noms, une longue liste de soixante-trois noms, qu'il gueula les uns après les autres, au rythme mécanique de toutes les deux secondes.

Les appelés furent extraits du groupe précédemment formé et alignés à l'écart, ceux qui restaient furent renvoyés chez eux ou dirigés vers les camions qui attendaient pour les conduire sur les chantiers du Ballon d'Alsace.

Les camions partis, la place vidée de ceux qui n'étaient pas au nombre des soixante-trois désignés, les soldats firent entrer ceux-ci dans la mairie, où ils furent battus, roués de coups, interrogés sur les effectifs, agissements et opérations à venir du « maquis » démantelé… Les personnes qui se trouvaient encore en périphérie de la place, membres de la famille ou amis, entendirent plus d'une heure durant les braillements des soldats tortionnaires et les hurlements des malheureux passés à la question, sans qu'il leur soit possible d'intervenir de quelque façon que ce soit.

La femme d'un des malheureux torturés qui jaillit comme une folle de la ruelle de l'église et se précipita vers la mairie fut abattue en pleine course, d'un seul coup de fusil qui claqua de façon presque dérisoire, un bref pet très sec, pas même le bruit d'un calibre de chasse, et ceux et celles qui se tenaient aux aguets à la gueule des ruelles périphériques ne virent même pas d'où provenait le tir, quel soldat parmi la demi-douzaine postés près des voitures et du dernier camion stationnés avait commis le meurtre. Les gens qui suivirent des yeux la charge silencieuse de Marie Collard la virent brusquement se rejeter en arrière, le buste tendu, et s'écrouler sur la terre battue de la place, la robe indécemment troussée au-dessus de ses jarretières, les bras en croix, la tête de côté, la bouche et les yeux grands ouverts avec ce sang qui continua de jaillir entre ses boucles brunes défaites, deux, trois giclées, ensuite simplement de couler, et pas un, personne, n'osa quitter sa cache pour venir la tirer de là, les soldats ne se déplacèrent pas davantage pour enlever le corps, si bien qu'elle se trouvait toujours couchée dans la flaque bue de son sang quand les soixante-trois sortirent de la mairie, sanguinolents et meurtris – et parmi eux Gaston Collard, qui ne remarqua pas plus que les autres le corps de sa femme étendu au milieu de la place –, que l'on poussa vers le camion dans la caisse duquel on fit monter la moitié du groupe, la seconde partie dirigée vers un autre camion qui venait de faire son apparition dans la ruelle longeant l'Agne, entre la mairie et les bureaux des établissements, tissages et filatures, Delain.

Le convoi de voitures et camions prit la direction de Bussang.

Le silence et un rai de soleil froid perçant les nuages tombèrent sur la place vide avec au centre le corps écartelé de la femme assassinée. Un temps de quelques secondes, un temps vide d'une lourdeur palpable, d'une terrifiante densité qui tirait, eût-on dit, les limites environnantes à l'infini, un temps creusé dans le présent comme une amputation, au bord duquel au loin, dans les soubassements de la montagne, jappaient des chiens alarmés, un gouffre aux bords ourlés, ensuite, par les pleurs et gémissements des femmes sorties des ombres et qui se précipitaient enfin vers celle des leurs qui n'avait pas su se cacher et attendre.

À Bussang, le convoi des camions et voitures de la Gestapo s'arrêta à l'école du village. Les soixante-trois embarqués furent rassemblés dans la salle de classe. Ils y restèrent tout le jour, et la nuit.

Sitôt connue, leur position avait été communiquée à Saint-Maurice, et plusieurs femmes vinrent dans la journée leur porter des colis, des vêtements et de la nourriture, que les gardiens acceptèrent, refusant par ailleurs qu'elles voient les prisonniers, laissant juste entendre, comme le bruit en avait couru, qu'ils seraient menés sur des chantiers en Alsace. À la nuit tombée, les femmes quittèrent les abords de l'école et remontèrent sur leurs vélos, rejoignirent leurs maisons du village voisin.

Le 3 octobre, à 10 heures d'un matin froid, les hommes de Saint-Maurice sortirent de l'école de Bussang, encadrés par les gardes, et remontèrent dans les camions. Le convoi comme c'était entendu prit la direction du col et de l'Alsace.

À quelques kilomètres, dans la descente sur l'autre flanc, les camions s'arrêtèrent, et du premier les gardes armés firent descendre six hommes, parmi les trois dizaines de son chargement.

Ils les amenèrent à l'écart de la route sur un petit sentier forestier et là les fusillèrent contre un talus, parmi eux le brigadier forestier Mansy, et ceux qui formaient le noyau originel du groupe des résistants, un garde forestier, un coiffeur, un instituteur, un receveur buraliste, un chauffeur…

Les camions repartirent.

Les rescapés passèrent la nuit suivante en Alsace, comme on le leur avait annoncé, mais non pas dans un baraquement de chantier : au camp de concentration de Schirmeck. De là, le lendemain, des convois furent formés, les hommes de Saint-Maurice dispersés, envoyés dans les camps de la mort de Dachau, Buchenwald, Bergen-Belsen, Haslach…

Ceux qui en revinrent n'étaient pas vingt.

ELLE SENTAIT BIEN QUE QUELQUE CHOSE se mijotait, et elle devinait quoi.

Elle s'efforçait de n'en rien laisser paraître, de ne pas appuyer plus que de coutume ses regards dans leur direction, de ne pas paraître intriguée par l'inhabituel de leur attitude : ils ne jouaient pas vraiment, ne couraient pas à travers toute la cour en criant, ne se poursuivaient pas, ne se battaient pas, les garçons n'embêtaient pas les filles. Ils se tenaient en groupes épars et chuchotaient des messes basses, donnant le change par des cris soudains et sans autre vraie raison que celle de tromper un silence suspect. Quelques-uns avaient quand même sorti leurs « chiques » et calots, plusieurs parties de billes étaient engagées au centre de la cour, là où c'était bien plat et lisse, sans caillou affleurant. Les filles conspiraient en groupe sous le préau, serrées les unes contre les autres dans une brume de chuchotis.

Parfois, elle ne pouvait s'empêcher de croiser les regards qu'ils lui lançaient en coin, alors elle détournait les yeux, vite. Elle regardait ailleurs.

Elle faisait les cent pas d'un angle à l'autre de la cour, le long du muret surmonté de la grille de fer forgé qui longeait la route.

Comme d'habitude, à chaque récréation, quand le temps le permettait. Le trajet habituel, aller et retour, jusqu'au coup de sifflet ou au claquement de mains.

Pas tout à fait comme d'habitude.

Seule.

D'habitude, elle marchait au rythme de Francis Planchet, le directeur de l'école de la vallée écartée du bourg, mais Francis Planchet était du nombre de ceux que les Allemands avaient emmenés moins de deux semaines plus tôt, on disait en Allemagne, on ne savait pas où – ceux qu'ils n'avaient pas fusillés dans le col de Bussang.

Francis manquait à l'appel.

Elle avait la charge de la classe de fin d'études. Un remplaçant devait venir, bientôt. Mais on ne savait pas d'où, ni quand, ni qui.

Quatre de ses élèves se comptaient parmi ceux dont les pères avaient été raflés. Pour une des quatre, Claudine Chevrier, non seulement le père mais aussi le grand frère. Claudine avait manqué l'école trois jours et puis elle était revenue, gonflée d'importance, parmi ses amies dont les pères et frères n'étaient ni déportés ni fusillés mais simplement réquisitionnés pour les travaux du Ballon.

Elle s'était vaguement étonnée de constater que ces enfants continuaient de jouer et d'être dissipés et farceurs comme auparavant, malgré le drame qui les avait touchés. Elle s'était demandée s'ils ressentaient cela comme un drame. Sans doute que... peut-être pas. Après tout. Peut-être pas.

Ce qui comptait et importait davantage, en ce moment, pour eux, c'était que la maîtresse allait avoir vingt-trois ans demain, et le cadeau qu'ils allaient lui faire... Ils avaient beau user de toutes sortes de ruses, elle avait perçu des bouts de phrases qui lui avaient mis incontestablement la puce à l'oreille…

Plus que cinq minutes avant la fin de la récréation. L'air froid qui tournait dans la cour lui glaçait les cuisses au travers des plis de sa robe, et son manteau de drap de laine à col de lapin commençait de ne plus guère être chaud. Elle revint sur ses pas, marchant vers le préau, les bras croisés sous sa poitrine, le cache-col relevé au ras des yeux, le bonnet de laine tiré sur ses oreilles, au moment où la Citroën noire s'arrêta devant le portail de la cour. Maria fit encore deux pas alentis, son regard noir épointé plissant de petites rides la racine de son nez.

Deux hommes descendirent de la voiture, celui qui se tenait à côté du conducteur et l'autre sur le siège arrière. L'homme au volant n'en bougea pas.

Ils s'approchèrent de la porte en ferronnerie de la cour d'école, s'y arrêtèrent, n'entrèrent pas. Le premier des deux, un petit râblé aux jambes arquées dans son pantalon de velours noir, leva les mains et empoigna un barreau de la grille, à hauteur de sa tête. Il avait une moustache épaisse très noire qui retombait sur ses lèvres, un béret tiré de côté. Le deuxième homme le rejoignit, gardant les mains dans les poches de sa veste de serge noire luisante d'usure aux coudes et revers.

Ils ne cherchèrent pas à entrer, ils regardaient les enfants qui jouaient dans la cour, ils regardaient l'institutrice à une dizaine de mètres d'eux qui elle-même les observait, bras croisés frileusement dans son manteau trop peu épais, battant du pied pour chasser le froid qui avait traversé ses semelles.

Les enfants avaient remarqué l'arrivée de la voiture puis les deux hommes qui en étaient descendus et se tenaient maintenant à la grille. Ils s'approchaient du portail, Jeannot Thibald en tête des curieux… suivi à trois pas de Marielle Grantemps, évidemment…

– Jeannot, allons ! appela la maîtresse. Marielle, vous tous, retournez jouer, la récréation est terminée dans trois minutes.

Les enfants s'immobilisèrent. Mais ne retournèrent pas jouer. Ils se figèrent où ils se trouvaient et d'autres vinrent les rejoindre sur cette ligne. L'annonce de la fin imminente de la récréation n'avait soulevé aucune protestation, comme c'était habituellement le cas.

– Maria ! appela le moustachu agrippé à la grille. Maria Tobé ?

Comme s'il ne savait pas.

Elle se dit qu'elle l'avait déjà vu. Sans le connaître véritablement, elle l'avait déjà vu, certainement au café. Un client de son mari. La moustache fournie et tombante, les jambes arquées… Au café, oui, un soir quelconque, depuis qu'elle y habitait… Depuis qu'accessoirement et en plus de son emploi d'institutrice elle y était aussi « la jeune patronne », quand elle y faisait apparition, comme lorsqu'elle se trouvait derrière le comptoir de l'épicerie attenante, avec Louisette la vendeuse…

– Oui ? C'est moi…

– On peut vous parler un instant ? demanda le deuxième homme aux mains dans les poches.

Il se balança sur ses gros godillots, du talon à la pointe, plusieurs fois.

Maria s'approcha. Le regard plus serré que jamais. Elle se disait que la présence de ces hommes avait probablement quelque chose à voir avec M. Francis, le directeur, que les Allemands avaient embarqué ; cette éventualité lui avait sauté à l'esprit immédiatement, et surtout parce qu'elle ne voyait absolument pas ce que ces hommes pouvaient lui vouloir à elle, la « personne civile » plutôt que l'institutrice. De la même façon qu'intuitivement elle avait deviné à la seconde qu'ils étaient probablement liés au maquis, sinon au maquis proprement dit ou ce qu'il en restait après la rafle, à ses entourages…

– Maria Tobé, répéta le type aux mains dans les poches de sa veste.

– Oui…

Il avait un nez très busqué dont la cassure faisait pratiquement un angle droit, lui aussi une moustache mais plus fine et domestiquée que celle de son compagnon, des petits yeux clairs très brillants enfoncés dans leurs orbites. Ses cheveux châtain foncé séparés par une raie médiane dégarnie retombaient sur ses oreilles comme des ailes repliées.

– Qu'est-ce que je peux…

– Vous pouvez nous dire où est Jean, madame Tobé ? demanda le petit moustachu. On le cherche. Votre mari.

Elle pâlit. Ses yeux s'ouvrirent grand, brouillés une fraction de seconde par l'appréhension.

– Soyez sans crainte, madame Tobé, dit le grand. Tout va bien.

Elle n'était pas encore tout à fait habituée à ce qu'on l'appelle « madame Tobé », au bout de la quatrième année de mariage. « Madame Tobé » se rapportait immanquablement à de l'officiel, de l'administratif, du social. On s'adressait rarement à l'institutrice avec du « madame Tobé » ou alors les instances de la profession, l'académie, mais pour les parents d'élèves qui l'avaient vue grandir jusqu'à ce poste et l'avaient appelée Marie, Maria, Mariette, la Petite Maria, la plus grande partie de sa vie, c'était resté Maria, la Belle Maria, et, pour les gamins et gamines assis sur les bancs, Mme Maria…

– Vous cherchez Jean ? dit-elle.

Ils hochèrent la tête comme un seul homme. Derrière eux la Citroën ronronnait en hoquetant parfois. L'homme au volant jetait dans leur direction des regards qu'elle jugea préoccupés. Elle demanda :

– Qu'est-ce que vous lui voulez ? Pourquoi ? Qui êtes-vous ? Je vous connais ?

Les questions à la file sans laisser de temps entre elles pour une réponse. Elle dit, s'adressant au petit moustachu, qui détourna les yeux :

– Je vous ai déjà vu, n'est-ce pas ? Au café peut-être, avec Jean…

– J'm'appelle Giliolli, dit le bonhomme en acquiesçant du chef. C'est possible. Tonio Giliolli.

Elle avança au bord du cache-nez une petite moue incertaine. Le nom ne lui disait rien.

– On cherche Jean, dit le grand au nez cassé, la voix baissée d'un ton, comme s'il craignait que les élèves à l'affût n'entendissent. On est passés au magasin, au café… La bonne nous a dit qu'il était parti.

– Louisette ?

– La fille du maga…

– Oui, dit Giliolli, Louisette. Faudrait que vous veniez avec nous, Maria, maintenant.

– Que je vienne avec… ? Mais je ne peux pas quitter l'école, voyons. J'ai toutes les classes qui… Que je vienne avec vous, pourquoi ?

– Faudrait nous suivre, dit Giliolli imperturbablement.

– Que je vous suive où ? Qu'est-ce que ça signifie ?

– On est de la police, madame, dit sourdement le grand.

Elle faillit laisser fuser le fou rire, en réaction à la tension nerveuse installée.

– La police du maquis, dit Giliolli dans un souffle.

Il ne détournait plus les yeux. Ses doigts serrés sur les barreaux de la grille étaient blancs aux jointures. Sa main droite descendit vers la clenche qu'il tourna et il entrouvrit le vantail de quelques centimètres, le maintint dans cet entrebâillement.

– Qu'est-ce que ça signifie ? murmura Maria qui avait senti comme une caresse froide la pâleur lui monter au visage.

– Suivez-nous, dit l'autre. Essayons de pas faire de spectacle pour vos élèves… Dites-leur qu'ils rentrent et qu'ils vous attendent sagement. Vous serez de retour dans une heure.

Elle les regardait, bouche bée sous l'écharpe.

– Faites ce qu'il vous dit, appuya Giliolli.

Et elle fit ce que lui demandait l'homme au nez cassé.

Ce que ça signifiait ? Qu'elle les suivrait comme ils le demandaient, discrètement et sans esclandre, sans fracas.

Pourquoi, pour quelles raisons ne l'aurait-elle pas fait ? Pour quelles raisons aurait-elle refusé de leur obéir ? Pour quelles raisons aurait-elle essayé de leur échapper ? De ne pas les suivre ?

Évidemment, elle se doutait bien que quelque chose n'allait pas, et justement, pour savoir quoi, pour en savoir davantage… Évidemment, la tête lui tournait un peu et son sang battait trop fort à ses tempes et elle avait une certaine difficulté à raisonner normalement, elle manquait de temps pour la réflexion, ses pensées brusquement se bousculaient un peu trop vite et en fouillis...

Elle fit ce qu'ils lui suggéraient.

Elle appela Jeannot et Marielle et leur confia la surveillance des classes jusqu'à son retour, qui ne saurait tarder, avant midi. Jeannot lui demanda avec des regards suspicieux en direction des hommes et de la voiture si tout allait bien et elle assura que oui, tout allait bien. Ils avaient juste à s'occuper des classes et maintenir l'ordre, une heure de temps, c'était possible ? Oui, m'dame.

Prononçant les paroles apaisantes, elle sut qu'elle mentait, elle sut que tout allait sans doute très mal, au contraire, quelque part d'où venaient ces trois hommes et où ils comptaient l'emmener. Elle s'efforça de refouler cette quasi-certitude sans y parvenir, regardant s'éloigner le garçon et la fille qui lançaient aux autres l'ordre de se mettre en rang...

– Où est-ce que nous allons ? demanda-t-elle à Tonio Giliolli qui repoussa la grille pour lui permettre de passer. À la maison ?

– Chez vous, oui, au Café du Rieu, dit le grand.

Ce n'était qu'un demi-mensonge.

Ses bas de laine et ses chaussures, ses vêtements lui semblaient être devenus tout à coup très fins, totalement inefficaces contre le froid. Elle était gelée, grelottait.

– Ça va, ça ira, dit Tonio Giliolli.

Il lui ouvrit la portière à l'arrière et elle s'installa sur le siège et il referma la portière. Le grand type fit le tour de la voiture par l'autre bord et prit place à côté d'elle, sa main droite toujours dans la poche de sa veste tendue sur un objet assez volumineux dont il était aisé de deviner la nature... Giliolli prit place à côté du conducteur et il dit : « On y va, Albert ! » et Albert hocha la tête après un regard par en dessous glissé en direction de Maria et démarra.

La voiture sentait l'huile et l'essence. Elle s'aperçut distraitement que c'était une odeur qu'elle avait oubliée depuis un moment. Cette sorte d'essence.

– Où il est, Jean ? demanda Tonio Giliolli sans tourner la tête.

Après un temps elle comprit que la question s'adressait à elle et elle dit qu'elle ne savait pas.

– Tu ne sais pas, hein ? dit son voisin sur un ton moqueur.

Le tutoiement ne lui parut pas de très bon augure.

– Non, je ne sais pas. Il était au magasin, ce matin.

– Il était au magasin, ce matin. C'est pas ce qu'a dit la bonne...

– Louisette, précisa Tonio. Louisette a dit que quand elle est arrivée à 8 heures la maison et le magasin étaient vides. Elle a pas ouvert le bistrot, qu'elle a dit.

– Il était à la maison, dit Maria, quand je suis partie pour l'école, à 7 heures. Il ne m'a pas dit qu'il devait s'absenter.

– S'absenter où ?

– Je ne sais pas. S'absenter. Il ne m'a rien dit.

– Ça lui arrivait de s'absenter ? Sans te dire où il allait ?

– Oui. Bien sûr... (Elle marqua un temps et ajouta :) Vous le savez bien, non ?

Giliolli se tourna vers elle :

– Pourquoi on le saurait ?

– Vous êtes du maquis, c'est ce que vous avez dit ?

Ils ne répondirent pas immédiatement. Quelques secondes de silence.

– Et alors ? dit son voisin.

– Il faut bien qu'il s'approvisionne, pour le magasin... Il vous a ravitaillé, non ? Il fallait bien qu'il trouve de quoi, alors... Il ne me disait pas où il allait. Il disait que moins j'en saurais mieux ça vaudrait.

Et cette brûlure qui maintenant après le froid lui montait dans les veines, sous la peau... allumée aux mots qu'elle venait de prononcer...

Il disait que moins j'en saurais mieux ça vaudrait...

Il le disait avec une conviction tranquille, les yeux dans les yeux. Une mesure de précaution élémentaire, affirmait-il. Il partait dans la nuit – au mépris de toute précaution élémentaire en ce qui le concernait – sur son vélo sans lumière après le couvre-feu. En règle générale il était de retour le lendemain matin, et puis des gens venaient le soir suivant, porteurs de valises et de sacs à dos chargés comme des mules... par les sentiers de la Prenzière et des Gouttes du Ballon.

– C'est ça, ouais, dit l'homme assis à côté d'elle, bougeant sa main dans la poche de veste. Et tu crois qu'il serait parti au noir, là, sans te le dire ?

Bien entendu. Bien entendu que ça lui était possible de faire des tas de choses sans le lui dire...

– Je ne sais pas, dit-elle, le feu aux joues et des torsions dans le ventre.

Ils s'arrêtèrent au bord de la route, devant l'escalier de pierre de taille qui menait à l'entrée du café-épicerie du Rieu.

Personne ne bougea dans la voiture.

Elle posa la main sur la poignée de portière et le type à côté d'elle dit : « Non. » Quand elle se tourna vers lui il tenait le revolver posé sur sa cuisse, elle voyait le barillet, le canon, d'acier noirâtre, l'anneau cuivré au bout de la crosse. Une seconde, elle hésita entre obéir à l'injonction brève et se ruer hors de la voiture pour… se ruer hors de la voiture, et puis ? Une seconde, pas davantage. Sa main retomba, glacée. Elle se tenait droite sur le siège et des fourmillements lui grimpaient derrière les cuisses, couraient dans son cuir chevelu, sous son bonnet.

– Qu'est-ce que vous allez me faire ? s'entendit-elle demander.

Se disant que c'était la dernière question à poser. Que montrer qu'elle pouvait craindre quoi que ce soit de leur part était de la dernière imprudente maladresse.

Elle ne craignait rien d'eux. *Elle ne pouvait rien craindre d'eux.*

– Qu'est-ce que tu crois qu'on aurait à te faire, ma belle ? renvoya sans rire son voisin.

Elle ne répondit pas. Elle avait en tête les images de ses élèves rassemblés dans la cour de récréation.

– Tu crois que tu mérites qu'on te fasse quelque chose ? Quoi que ce soit ? dit le type.

– Ça va, Maurice, dit posément Tonio Giliolli, devant.

Le conducteur se racla la gorge bruyamment. Plusieurs fois. Cracha par la portière.

– Eh ben dis donc, dit Tonio…

– Je crois que je suis en train d'attraper la crève, expliqua le conducteur.

La porte du café-épicerie s'ouvrit sur un homme en veste et casquette de cuir, pantalons bouffants au-dessus de leggins bouclées sur des grosses chaussures montantes militaires. Il referma la porte derrière lui et descendit l'escalier en trois sauts.

– Ouvre, dit Maurice.

Mais elle n'eut pas à le faire, le nouveau venu s'engouffra dans le véhicule et la repoussa sans ménagement et elle se retrouva très étroitement coincée entre Maurice et lui, dans l'impossibilité absolue de bouger, la respiration compressée.

– Personne, dit l'homme à la casquette de cuir. Et je vous parie qu'il n'est pas près de remettre les pieds ici.

– Elle dit qu'il peut être parti chercher du noir, dit Tonio à demi tourné sur son siège.

L'homme à la casquette lui jeta un coup d'œil.

– Alors c'est elle, la maîtresse d'école ? Mon cul, qu'il est parti en courses…

– Elle dit qu'elle sait pas. Qu'elle sait rien.

– Ben voyons. Mon cul qu'elle sait pas. Qu'elle sait rien. Vas-y, démarre, Albert.

Albert cracha par la portière, remonta la vitre et démarra.

Elle demanda où ils l'emmenaient et personne ne lui répondit. Le type massif en veste de cuir la regardait lourdement par-dessus le bord de son col, elle *sentait* ses yeux injectés aux paupières fripées posés sur elle.

Ils firent demi-tour devant l'épicerie et remontèrent vers le fond de la vallée et elle se dit à un moment qu'elle ne reverrait jamais plus cette route, ce paysage étranglé entre les montagnes sombres, elle en eut la conviction absolue, vertigineuse, et elle sentit monter la nausée.

Ils se taisaient. À l'odeur d'essence se mêlaient maintenant des senteurs de vieille et lourde sueur et de tabac froid, de bois et d'humus… Ils ne croisèrent aucune autre voiture sur cette route, personne. Elle remarqua à un moment le canon de pistolet-mitrailleur dépassant de l'épaule de Tonio Giliolli, qu'il avait dû tirer de sous son siège et tenait contre sa poitrine.

Ils prirent la route forestière du Rouge Gazon et la suivirent jusqu'au grand virage au-dessus duquel s'embranchait un autre chemin, plus rocheux et moins large, non carrossable, qui conduisait aux Roches de Morteville. La voiture s'arrêta au bord du virage.

– Tout le monde descend, dit l'homme à la casquette de cuir.

Ce que donc tout le monde fit, à l'exception d'Albert qui ne quitta pas son volant, échangea quelques mots avec Tonio Giliolli avant de redémarrer et de faire demi-tour et de redescendre vers la vallée.

Ils écoutèrent un instant la voiture qui s'éloignait, puis le silence de la forêt froide les écrasa de toutes parts. Le vent indécis tourniquait dans les feuilles encore accrochées aux branches et les oripeaux sombres des épicéas. Quelque part, dans les broussailles de ronces qui bordaient le chemin, de l'eau invisible courait à son affaire parmi les pierres. On ne voyait du ciel entre les cimes et les branchages que des crevasses de lumière grise, les fragments d'une grande casse suspendue.

– Où est-ce que vous m'emmenez ? demanda-t-elle, transie, d'une voix grelottante.

– Causer un peu, ma belle, dit l'homme à la casquette de cuir. Causer dans un endroit tranquille. On est persuadés que t'as sans doute des choses à nous dire.

Elle ouvrit des yeux ronds. Une bouche de laquelle ne sortit aucun son.

– Tu crois pas ? dit Maurice en remontant le col de sa veste, son revolver toujours en main.

Le grand gaillard à la casquette de cuir se planta devant elle, immense, et la toisa un instant d'un regard très lourd, sans un mot, puis il sortit de sa poche un papier plié. Il agita le papier lentement à hauteur de son visage, dit :

– Soixante-cinq. Soixante-cinq de nos camarades, et je ne parle pas uniquement de ceux du Parti, je parle des camarades du maquis, et sans doute un ou deux qui n'avaient rien à y voir. Au moins deux. En tout cas pas officiellement.

Les tressaillements frigorifiés la secouaient tout entière. Des pieds aux épaules. Quand elle tourna la tête pour échapper à ce regard accusateur qui la transperçait, pour chercher peut-être un soutien du côté de Giliolli, à quelques pas, le type l'obligea rudement à lui faire face d'une poussée de la main contre le menton. Et poursuivit :

– Les boches n'ont pas eu grand mal, hein ? Même pas besoin de chercher, pour établir leur liste. On la leur a donnée, toute faite. Soixante-cinq noms. Toute faite, oui, la liste. Et tu sais pas qui c'est qui l'a écrite, hein ?

– Je ne sais pas, souffla-t-elle. Pourquoi je devrais savoir ?

– Mais ça te surprend pas, quand même, que je te dise qu'ils ont été vendus et qu'un salaud s'est chargé de le faire ? Ça t'étonne pas ?

Il déplia le papier qu'il tenait entre deux doigts, et il lut :

– « C'est Jean Tobé qui a dénoncé le maquis aux boches. Demandez-lui, et à sa salope. »

Il lui montra le papier. À deux doigts de son nez. La feuille qui avait été pliée et dépliée de nombreuses fois tremblait dans le courant d'air. Le texte avait été écrit au crayon-encre violet, en lettres majuscules, avec une faute à « dénoncé », écrit à l'infinitif, et une autre à « demandez », à l'infinitif également.

Elle laissa échapper un gémissement tourmenté.

– Alors, dit-il, on va te demander… À lui, quand on aura mis la main dessus, et à toi, ma belle salope.

– Adrien, ça va, dit Tonio Giliolli. On va rester ici toute la journée ?

Adrien Courvelier. Le nom lui revint à l'esprit, elle l'avait entendu prononcer plusieurs fois par Jean. C'était un client du bistrot, un marchand de bois, la scierie Courvelier de Bussang, et Jean ne l'aimait pas, s'il en avait parlé plusieurs fois c'était pour s'en plaindre, une grande gueule, un type qui écrasait tout le monde…

Elle ferma les yeux, le cœur en chamaille et les jambes qui se dérobaient sous elle.

On va te demander ma belle salope !

Une poigne ferme la saisit par le devant de son manteau et lui écrasa les seins, la redressant rudement, la secouant.

– Hé, t'auras tout le temps de tomber dans les pommes, madame Tobé. Pas tout de suite. Tu nous diras d'abord où il est, ton ordure d'homme. T'es bel et bien dans le même panier, hein, ma garce ?

– On y va, maintenant, dit Tonio.

La forêt s'embrouillait de partout et les troncs des arbres se mélangeaient les uns entre les autres, tressant des barrières serrées de toutes parts. Ils la poussèrent et elle faillit tomber encore, après plusieurs pas en désordre, l'équilibre perdu, ce fut Tonio Giliolli qui la récupéra au bord de la chute, la remit sur ses jambes, d'une main, dans l'autre le fusil, ou pistolet-mitrailleur, elle ne savait pas exactement comment s'appelait ce genre d'arme à crosse en tube et chargeur planté sur le côté, il la maintint debout fermement et elle tenta de s'adresser à lui, « monsieur Tonio… », et il dit :

– Allez, allez, on y va, on y va, répétant deux fois les mots et l'empoignant par le bras et la poussant devant lui sur le chemin qui s'enfonçait à flanc de forêt vers les roches de Morteville.

– Je ne sais pas où il est, dit-elle. Je ne sais pas… Je ne sais rien, je n'ai rien à voir avec… avec tout ça…

– Ça t'étonne pas, pour autant, qu'on l'ait accusé de cette saloperie, ton enculé de bonhomme, hein ? cria dans son dos Adrien Courvelier.

– Je ne sais rien, je ne sais rien, répétait-elle, marchant à grands pas sur le chemin de cailloux et de boue.

– Pas la peine de courir, allez, qu'est-ce que tu crois ? cria Adrien.

– N'allez pas tomber en bas, maintenant, dit Tonio Giliolli.

– C'est ça, ajouta Adrien. Va pas te foutre en bas des ravins. Attends qu'on t'y balance.

Il rit et échangea des propos incompréhensibles avec le troisième homme, Maurice, celui au revolver.

– Je ne sais rien, cria-t-elle. Je ne sais pas où il est ! S'il a fait ce que vous dites, je ne suis pas au courant. Il ne me disait rien de ses affaires. Il faisait du noir mais c'était pour ravitailler les gens, et vous aussi, du maquis, non ? Je ne sais rien ! Je ne suis pas une… une salope !

– Avancez, Maria, allez, on va parler de tout ça avec les autres, on va bien voir, dit Tonio derrière elle.

Les larmes retenues jusques alors coulèrent, elle éclata en sanglots bruyants et impudiques, marchant et trébuchant les bras tendus en avant et s'agrippant aux branches qui bordaient le chemin, marchant comme si elle allait vers un salut, une échappée, et non vers le contraire.

Au bout d'un temps et d'une certaine distance parcourue, les pleurs se tarirent. Elle reniflait et s'essuyait sur sa manche, une et puis l'autre, et dans son cache-col. Mais ne disait plus rien. Elle allait la première sur le chemin raide et les trois hommes derrière elle marchaient en silence eux aussi. On entendait leurs semelles frapper le sol, les pierres du chemin rouler sous leurs pas. On entendait leur souffle saccadé.

LE CHEMIN PÉNÉTRA DANS CE SECTEUR des Roches, au flanc très raide de la montagne.

La pente pratiquement verticale par endroits se composait de parois rocheuses intercalées entre des coulées abruptes d'énormes blocs granitiques parmi lesquelles poussaient des sapins épars et des touffes de ronces gigantesques. Pour franchir ces précipices, on empruntait des passerelles de rondins accrochées à la roche et qui sinuaient sur plusieurs centaines de mètres au-dessus du vide. La rambarde garde-fou de baliveaux, pourrie en de nombreux endroits, n'avait pas été remplacée. Sur toute la longueur de ce parcours suspendu, Tonio Giliolli rejoignit Maria et lui tint le bras, l'obligeant à marcher du côté de la paroi…

Passé les Roches, ils continuèrent encore sur environ un kilomètre, et puis ils prirent un autre chemin, une « corrue » de débardage qui grimpait en pente raide, de terre boueuse, de pierres, d'ornières et de coulées d'eau, totalement charruée par les lancers de troncs et les sabots des chevaux de trait et les ravinements d'orages. Au bout de quelques centaines de mètres la semelle de la chaussure droite de Maria s'était pratiquement détachée.

Ils arrivèrent au chalet, la baraque des chasseurs, dans le début de l'après-midi. Une cabane rectangulaire en dosses et troncs, de quatre mètres sur six approximativement, à laquelle avait été rajoutée une annexe perpendiculaire plantée dans sa longueur, formant un T, de dimensions identiques. Un toit de perches et de gazon. Une autre sorte de chemin, *a priori* plus praticable, arrivait de la forêt par le nord et enroulait son extrémité en cul-de-sac autour de l'abri. Une charrette attelée à un cheval massif attendait à quelques mètres. Il y avait deux motocyclettes appuyées au rebord du talus de soutènement de la cabane.

Deux hommes armés de Sten semblables à celle de Tonio Giliolli se tenaient assis sur un banc, sous le porche d'entrée. Ils mangeaient des pommes de terre cuites sous la cendre avec des tranches de lard bouilli froid. Un des deux se leva après avoir posé son assiette sur le banc et saisit son pistolet-mitrailleur et il lança :

– Qui c'est que tu nous amènes là, Grand Claude ?

– Vous allez voir ça, répondit l'interpellé qui marchait à quelques pas derrière la petite colonne, et que visiblement aucun des trois hommes, ni Maria, n'avait remarqué.

– Bon Diou ! dit Maurice en queue de groupe. Depuis quand t'es là, toi ?

Grand Claude porta un doigt à son chapeau et ne répondit pas autrement à la question posée. Il était grand et maigre et flottait dans une veste de chasse en toile imperméabilisée avec une poche dorsale bien remplie dont le poids semblait le tirer en arrière, l'obliger à se tenir très droit. Un visage osseux, ombré de barbe noire, des yeux fiévreux rougis par la fatigue. Il tenait un mauser sur ses épaules, comme un joug, les bras passés par-dessus la crosse et le canon.

– On a la salope, lança Adrien aux homme sous le porche. Mais pas l'autre crevure.

– On devrait pas tarder à lui mettre la patte dessus, dit, après un temps à regarder venir Maria vers lui, un des hommes du porche. Salut Maria.

Il s'appelait Michel Candelaire et elle le connaissait. Pas beaucoup plus âgé qu'elle. De la vallée de Presles. Elle ne l'avait pas vu depuis avant la guerre. Elle dit son nom, dans un souffle.

– T'aurais fait ça, Maria ? demanda Michel Candelaire.

Elle resta là devant lui, sous son regard incrédule, à secouer la tête de gauche à droite, à ne rien pouvoir dire, un pied chaussé, le bas de l'autre pied en bouillie et déchiré, la bouche ouverte et les larmes roulant sur ses joues salies de boue glaiseuse.

Ils étaient une douzaine dans le camp. Ç'avait été une cabane de chasse avant de devenir ce retranchement de maquisards du groupe Mansy.

Elle en connaissait quelques-uns, d'apparence et de noms, ils étaient du village, ils auraient pu être son père, mais elle ne leur avait jamais parlé. Elle savait qui ils étaient, de quelles familles, avec qui, quelle fille, quelle femme, ils étaient mariés, et pour certains s'ils avaient des enfants, comme ils n'ignoraient pas qu'elle était la fille Lœwell, unique enfant de ce bon à rien de fossoyeur tombé dans la fosse qu'il creusait et qu'on avait retrouvé le cou cassé à quelques heures de l'enterrement du légitime occupant de l'endroit…

Ils étaient principalement quatre questionneurs. Ceux-là, elle ne les connaissait pas, ne se rappelait pas les avoir jamais vus dans les rues du village ni nulle part ailleurs dans le voisinage.

Ils lui posèrent en rafale et sans trêve, des heures durant, les mêmes questions. Si elle savait où se trouvait Jean Tobé son mari le traître, si elle était au courant de ses abominables agissements, si elle y avait participé, d'une façon ou d'une autre, de près ou de loin. Si elle connaissait les gens dénoncés, si elle avait quelque chose contre eux, si elle avait couché avec les boches – ils l'accusèrent de l'avoir fait pour entretenir les bonnes relations de son mari avec ces derniers.

Ils lui dirent leur certitude au sujet du crime de Tobé, sa dénonciation écrite anonyme ne faisant que certifier leurs soupçons.

Jean Tobé entretenait des rapports conflictuels ouverts avec plusieurs membres du groupe Mansy, qui se méfiaient de lui et de ses fréquentations mercantiles avec l'ennemi occupant ; ils le soupçonnaient d'avoir monnayé les protections dont il bénéficiait contre des renseignements et des délations. Ils avaient décidé de lui régler son sort, aux approches d'une libération qui ne devait plus tarder. Ils affirmaient qu'ayant senti venir le vent mauvais, Tobé avait pris les devants et dénoncé ses adversaires pour balayer la menace, avant qu'ils ne lui jouent le même tour.

Personne, assuraient-ils, ne s'était vraiment étonné du billet de dénonciation qui ne faisait que confirmer leur sentiment. Mais ils avaient en revanche été surpris d'y lire son nom à elle. Ils ne s'attendaient pas, dirent-ils, pour la plupart, à la trouver associée au sale type dans cette mauvaise action...

Quoique, à la réflexion, et après tout, ce n'était pas si surprenant. *Après tout.*

Personne n'ignorait, dirent-ils, à quel point elle était folle amoureuse de lui. Tout le village le savait. À quel point leur histoire avait donné du grain à moudre aux commères, à quel point on avait bavardé sur ce roman d'amour entre la jeune institutrice et le bel épicier patron de bistrot, tombeur de ces dames et renommé pour cela dans toute la vallée. À quel point sa victoire à elle sur toutes ses concurrentes candidates avait été appréciée – on l'aimait bien, la Maria, elle était si douce et si jolie…

Quoi d'étonnant à ce qu'elle le soutienne et le suive dans la forfaiture ?

Elle avait hurlé. Elle était comme devenue folle, braillant son innocence, et encore et encore qu'elle ne savait rien, qu'elle ne savait pas, qu'elle n'était pas la salope prétendue, qu'elle ne savait rien, elle avait hurlé de toutes ses forces, comme une démente, et avait tenté de s'enfuir, de bondir hors de la pièce enfumée de la cabane, elle les avait frappés, et ils l'avaient frappée en réponse, ils l'avaient rattrapée sur le seuil, jetée contre la porte, à demi assommée, ils avaient continué de lui poser des questions, toujours les mêmes questions, auxquelles elle n'avait plus répondu un mot. Plus un seul mot, rien. Rien. D'une certaine manière elle avait réussi sa tentative d'évasion.

Dans la nuit, à un moment, ils lui donnèrent à manger des pommes de terre froides et du pain, dans une gamelle en fer de soldat, à laquelle elle ne toucha pas.

Ils la transportèrent dans l'autre partie de la cabane, la jetèrent sur une paillasse, sur laquelle deux de la bande qu'elle n'avait pas encore vus la rejoignirent et s'abattirent sans un mot sur elle, un la tenant tandis que l'autre la violait. Chacun son tour. Elle mordit le second qui tentait de l'embrasser et lui arracha un morceau de la lèvre supérieure, ce qui l'aspergea de sang et lui valut un coup de poing sur la tempe qui lui fit perdre conscience.

Quand elle revint à elle, le corps douloureux, elle avait toujours en bouche le morceau de lèvre poilu sectionné. Le dégoût, lorsqu'elle s'en rendit compte, la submergea, elle recracha et vomit, attirant l'attention des trois hommes à l'autre bout de la pièce qui cessèrent leur conversation et interrompirent leur repas et s'approchèrent, et sans un mot ces trois-là également se couchèrent sur elle à tour de rôle, sans un seul mot, deux la maintenant écartelée pendant que le troisième la souillait. Elle n'en mordit aucun, ni ne chercha à se défendre.

Le jour était levé. Il entrait sourdement par la fenêtre aux carreaux ternis de toiles d'araignées. Quand ils en eurent terminé ils retournèrent à la table du fond et reprirent leur casse-croûte interrompu un quart d'heure.

D'autres hommes se succédèrent dans la cabane, après ces trois-là. Par deux ou trois. Ils venaient et mangeaient quelque chose qu'ils tiraient d'une grosse casserole en fonte posée sur la table. Personne ne lui proposa à manger ni à boire, elle avait la gorge sèche et chaque parcelle de son corps en feu et en douleur, elle n'osa rien demander, un verre d'eau, ce qui eût peut-être attiré imprudemment leur attention plus que nécessaire… Ils ne mangeaient pas tous, mais buvaient le vin d'une bouteille paillée, ou ce qui était sans doute du café froid, dans une cafetière en fer-blanc émaillée, blanche avec des grosses fleurs sur le corps, elle s'en souviendrait à jamais, de cette cafetière plutôt que de n'importe quel autre objet sur la table ou sur les étagères murales, et d'une sorte de commode de guingois à laquelle il manquait une porte.

Certains ne buvaient ni ne mangeaient, ni ne faisaient rien, ils venaient et ils s'asseyaient et ils la surveillaient. Ils étaient là pour la garder.

Elle se tenait assise recroquevillée dans l'angle, serrant de ses bras sa robe autour de ses jambes repliées, la tête posée dans ses genoux. Il lui parut que ces hommes défilant dans la cabane étaient en nombre infini, elle n'en reconnaissait aucun, ni d'avant ce monde de terreur dans lequel elle avait plongé, ni de ceux qu'elle avait pu voir depuis son arrivée au camp.

La lumière monta et éclaira progressivement la pièce dans ses détails. Mais c'était un jour sans soleil. Il ne faisait sans doute pas très chaud, dehors.

Entre les dosses du plafond pendaient des racines et des filaments du gazon du toit. Il y avait un poêle fait d'un tonneau de fer posé sur des briques, avec une sorte de petite porte, en bas, découpée et maintenue par des charnières de fil de fer passées dans des trous, et une plaque de tôle en guise de couvercle, dessus. Un tuyau en sortait par le flanc pour se planter dans la cloison. De loin en loin, un des hommes présents se levait et venait prendre un quartier de bois dans le tas et entrouvrait la plaque et laissait tomber le bout de bois dans le feu et retournait s'asseoir.

Ce n'était probablement pas loin de midi. Elle entendit des voix qui montaient, embrouillées, comme des éclats rageurs de lutte.

Elle entendit son prénom hurlé. Sitôt après, la rafale brève et sèche.

Et puis encore des voix, quelques cris piqués dans le silence qui grésillait de toutes parts.

Les deux hommes assis à la table se levèrent et prirent leur arme et sortirent. Ils crièrent à d'autres quelque chose qu'elle ne comprit pas, ni les réponses qui leur furent faites.

Elle était assise et ne bougeait pas, plus elle concentrait son effort pour se lever, plus elle serrait étroitement ses jambes entre ses bras, plus elle se changeait en bois dur, en pierre, plus le silence grésillant se refermait étroitement sur elle, et les voix montaient de plus en plus loin, de très loin, à l'autre bout de cette chape.

Ce fut ainsi un temps indéfini. Quand les sons redevinrent correctement audibles, la porte s'ouvrit et deux de ceux qui l'avaient interrogée au cours de la nuit dans l'autre partie de la cabane s'encadrèrent dans la lumière glauque et le premier tenait une Sten sous son bras. Elle n'eut pas même le temps d'avoir peur – alors que, pourtant, la première idée qui lui traversa l'esprit fut qu'ils venaient la chercher pour l'abattre *elle aussi*.

– Allez, dit un des hommes sur le seuil.

Elle se leva. Dut s'appuyer au mur, un instant. Elle avait perdu ses chaussures, ses bas troués laissaient voir ses pieds écorchés.

Ils la regardèrent venir vers eux.

– On l'a cueilli à la gare du Thillot, dit l'homme au pistolet-mitrailleur. On l'a jugé.

Elle soutenait leur regard, sans ciller.

– C'est peut-être pas la peine d'aller pleurer sur ce qui vous est arrivé ici, dit l'homme. Parce que d'abord votre parole contre la nôtre ça tiendrait pas le coup longtemps et que les boches avec qui tu as couché seront pas là pour te défendre, et puis on ne sait toujours pas de façon certaine ce qu'a été ton rôle dans la dénonciation de nos camarades. On peut toujours décider qu'un jour tu devras le payer, toi aussi, si jamais ça s'avère être la justice.

Ses lèvres sèches se décollèrent, elle se racla la gorge.

– La justice, dit-elle.

– Qu'est-ce que tu marmonnes ? demanda l'homme.

Elle sentit le sourire monter dans ses joues, sans qu'elle puisse l'empêcher.

– Rien, dit-elle.

– Fous le camp, dit le deuxième homme en s'écartant de la porte. Si on te demande où t'étais, et pourquoi, tu peux le dire.

Elle sortit. La lumière l'éblouit. C'était un jour de froid noir, comme elle l'avait supposé. Un ciel de mercure.

Ils n'avaient pas encore tiré le corps à l'écart, couché dans l'herbe rase et la boue du petit talus au-dessus du chemin, la tête en bas, bras et jambes en croix, du sang sur sa chemise et sur une cuisse, la bouche grande ouverte, ses couronnes en or qui brillaient dans le sang.

Elle s'en alla.

Ils étaient une dizaine, peut-être moins, qui la regardèrent partir. Elle ne vit ni Tonio Giliolli, ni Adrien Courvelier, ni aucun de ceux qu'elle avait déjà vus, parmi eux. La charrette attelée au cheval n'était plus là. Ni les motocyclettes. Elle descendit par la corrue empruntée la veille, quand ils l'avaient amenée jusqu'ici.

Elle arriva chez elle, à l'épicerie, un peu après minuit, une petite neige s'était mise à voleter. C'était fermé à clef et elle dut casser un carreau de la porte de la buanderie, derrière.

Elle retourna à l'école une semaine plus tard, amaigrie et pâle. Elle dit qu'elle avait été malade et Murielle Finet lui demanda si elle allait mieux, maintenant, et elle dit que oui, lisant sur les visages et dans les regards braqués sur elle qu'ils n'en croyaient pas un mot.

La commune fut libérée le 26 novembre par les F.F.I. et le 3e D.I.A. Quelques jours plus tard, le premier train de rapatriés entra en gare. Sur les soixante-cinq déportés vendus par Tobé, seize revinrent des camps de la mort, méconnaissables. Francis Planchet était du nombre, qui ne devait guère peser beaucoup plus de quarante kilos.

Trois jours avant Noël, l'Académie lui signifia, après la visite de l'inspecteur qui lui fit part d'une pétition de plusieurs dizaines de signatures de parents d'élèves, sa « mise en congé » – il n'était pas véritablement question de retraite, après seulement deux années d'enseignement...

Pour son départ, ses élèves ne lui firent pas de cadeau. Seuls son remplaçant, un homme d'une quarantaine d'années, la manche gauche vide de son veston relevée et épinglée à l'épaule, qu'accompagnait Francis, le directeur, toujours en convalescence et qui le serait encore longtemps, vinrent lui dire au revoir, alors qu'elle rangeait quelques affaires dans sa serviette de cuir de maîtresse.

Dès lors, Maria Tobé reprit son nom de jeune fille et s'occupa de l'épicerie, accessoirement du café, hérités de son défunt mari le traître collabo – mais bien qu'elle eût rejeté son patronyme, elle hérita aussi du fardeau de son infamie, qui ne fit que s'alourdir au fil des ans...

LA JEUNE FEMME QUI L'AVAIT ACCUEILLI à l'hôtel, la veille au soir, était à son poste, à la réception, le lendemain matin, quand il descendit. Souriante, elle ressemblait de façon étonnante à l'actrice anglaise Kate Beckinsale, et il s'attarda sans doute un peu plus longuement que nécessaire à son comptoir, à lui dire ce qui l'amenait dans la région.

Mais elle n'écoutait pas la radio, elle n'avait guère le temps, dit-elle.

De toute façon, pour autant qu'elle connût l'existence de la station, elle ne l'écoutait pas. Oui, elle savait qui était la vieille dame, c'est-à-dire savait ce qu'elle faisait, sur cette station.

Oui, Maria, dit-elle, c'est ainsi qu'on l'appelle.

Maria.

Elle n'en savait guère plus, on ne pouvait pas appeler cela « connaître », n'est-ce pas ? Elle ne l'avait même jamais vue, une photo peut-être dans le journal local, quand elle avait été engagée à la radio pour ce véritable travail d'historienne qu'elle avait effectué toute sa vie, disait-on, sur la région, et aussi pour son talent de conteuse – une photo qu'elle avait oubliée. Elle ne l'avait jamais rencontrée, en chair et en os. Elle n'avait personne à visiter qui fût pensionnaire à l'hôpital ou la maison de retraite des Tilleuls, et cette vieille dame n'était sans doute jamais venue au restaurant de l'hôtel…

Il dit qu'il s'intéressait à elle parce qu'il effectuait lui-même un travail sur les régions et campagnes de France de zone occupée, pendant la dernière guerre. La jeune dame parut plus étonnée que captivée. Les maquis, notamment, précisa-t-il, et leur organisation, qui s'étaient dressés et avaient résisté, contre les troupes occupantes.

Je vois, dit-elle, avouant par la remarque qu'elle ne voyait rien.

Cette pointe d'étonnement au bord de son joli regard ne faiblit pas. Elle demanda pourtant comment il avait eu connaissance de Maria et de son travail, et il dit que non seulement sa collaboration à l'antenne de la radio locale mais aussi, auparavant, sa contribution à différents travaux sur l'histoire régionale exécutés par des universitaires en avaient fait une source plusieurs fois référencée, dans ce domaine, qu'il avait dénichée sur le Net.

La jeune femme hocha la tête en silence. Un silence qui dura juste la seconde de trop signifiant la fin venue de la conversation.

Maria avait quatre-vingt-cinq ans, à présent.

Quand ils étaient venus lui demander sa participation, dans le parc de derrière la maison de retraite où elle se tenait sur un banc, au soleil chaud d'un mois de mai particulièrement agréable et chargé de senteurs, elle n'y avait pas cru, elle n'avait pas compris, d'abord.

Plusieurs fois par le passé, avant qu'elle soit pensionnaire de l'établissement, quand elle y était employée comme femme de ménage et aide de la bibliothécaire, des professeurs quelque peu écrivains de Nancy, et plus loin, étaient venus lui demander des renseignements, des coopérations, pour des travaux qu'ils étaient en train d'exécuter. Mais ce n'était pas la même chose que de la radio.

D'ailleurs, elle avait été tout aussi étonnée, dans un premier temps, qu'on pût savoir qu'elle s'intéressait à cette histoire des montagnes vosgiennes, qu'on pût connaître ses recherches et ses « travaux » dans le domaine.

Pourtant, elle en avait suffisamment parlé ici ou là, à une poignée de personnes de son entourage qui s'intéressaient un peu au sujet, pour que ces personnes le répètent autour d'elles et que l'information fasse son chemin, qu'on sache bientôt aux extrémités de ces buissonnements, jusque très loin, qu'une dame, ici, avait pratiquement consacré sa vie à cette histoire, une passion, qu'elle connaissait sur le bout des doigts.

Ils étaient donc venus, ce jour de mai, pour lui demander eux aussi son aide, sa collaboration. C'était le mot qu'ils avaient employé. Parce que c'était le mot qui convenait. Ils étaient deux, des hommes d'une trentaine d'années, dont un professeur d'histoire-géo du collège et l'autre animateur à cette Radio Vallées et Chaumes.

Elle avait marqué un long temps de silence suspendu avant de demander des précisions sur ce qu'ils envisageaient comme façon de faire. Ils lui avaient expliqué. Il suffisait qu'elle raconte. Qu'elle parle en fait à des élèves invisibles, on leur avait dit qu'elle avait été institutrice.

Il ne semblait y avoir absolument aucune arrière-pensée dans leurs propos, rien qui marque leur regard posé sur elle en attente de réponse. Ils n'étaient même pas nés, quand elle était effectivement institutrice...

Elle avait répondu qu'elle voulait bien tenter l'expérience, pourquoi pas, après tout ?

Ils étaient venus aux Tilleuls, la première fois, dans sa chambre du 3e, son chez-elle, son appartement d'une pièce, placards, toilettes/salle de bains inclus, sans cuisine, un lit deux chaises une table, une télévision murale – une chambre d'hôtel – avec un magnétophone en bandoulière.

Vincent annonçant : « Le plus simple, c'est de faire comme s'il n'y avait pas de micro, de ne pas vous en soucier, Maria. » Elle les avait stupéfiés. Au bout d'une minute de ce premier essai, elle avait effectivement oublié le micro, si peu impressionnée qu'elle l'avait pris des mains de Vincent pour le tenir elle-même très professionnellement à quelques centimètres de sa bouche, sans l'agiter en tous sens comme finissent par le faire à un moment tous ceux qui ne sont pas habitués au maniement de l'engin...

Ils avaient enregistré pas moins d'une heure utile de propos, au cours de ce premier « essai », pratiquement rien à jeter, de quoi alimenter quatre ou cinq rendez-vous radiophoniques.

Elle s'était écoutée, et pas mal de pensionnaires aussi, et le personnel d'accueil soignant. Elle avait récolté nombre de félicitations, accueillie au réfectoire, le lendemain, par des applaudissements...

Ils l'avaient enregistrée quatre fois. Des séances d'une heure plus ou moins. Après quoi, ils étaient venus la chercher pour l'emmener au studio, une pièce dans un sous-sol aménagé d'une maison du bout du bourg sur la route du Mesnil.

Elle ouvrait un de ses cahiers devant elle et chaussait ses lunettes, son regard passait par-dessus les verres en attente du signe de l'opérateur, et le signe venu remontait ses lunettes sur son nez, et elle se penchait sur le cahier, et elle lisait :

– *Les races obscures qui ont précédé les Celtes et Gaulois sur notre sol ont été asservies par eux ; elles nous ont donné presque tout le sang qui coule dans nos veines, comme l'écrit d'Arbois de Jubainville. Mais ni les massacres ni les asservissements dont il parle n'ont touché les ancêtres des populations forestières éparses de ce temps-là. Et ni les Gaulois ni les Romains n'ont tenté de civiliser le cœur de ces contrées reculées. Les invasions venues de l'Est, comme celles dégringolées du Nord et celles montées du Sud, passèrent en dehors des hautes vallées.*

Ces gens issus de lointaines souches ont laissé comme traces et empreintes ce que l'archéologie et la paléontologie nomment des tumuli, des dolmens et des menhirs, des amoncellements de roches… Les suivants à vivre là s'approprièrent ces points remarquables qu'ils adaptèrent probablement à leurs propres rites, qu'ils firent repaires adaptés à leurs propres croyances, depuis les rassemblements à l'écoute de la parole druidique, jusqu'aux feux de Saint-Jean qui brûlent par-dessus les siècles.

De ces points protégés, en grand nombre, nous restent des noms typiques : des « Roches du Diable », des Trous de l'Enfer, des Bas-Rus de la Sotte… Ici une Pierre des Mulots, là un Saut des Cuves, une Goutte Verrière, un Ruisseau des Charbonniers, un Haut des Ordons.

On peut penser que ces ancêtres-là occupaient les flancs de la vallée principale, dans le creux accessible des autres combes et failles en épis, ainsi que sur les sommets et les hauts des pentes. Peu de chemins à disposition, juste des sentes et sentiers, ou rien, des coulées, des passées d'animaux, et pas de grandes routes pour venir d'ailleurs ou s'y rendre. Sans commerce avec le « dehors », sans cultures, ces montagnards durcissaient leurs épieux à la flamme et taillaient la pierre en éclats, polissaient les os, tannaient les peaux du gibier ou des bêtes qu'ils élevaient.

Les Romains s'installèrent, firent des routes, construisirent des forts, des camps, des points de relais. Une via strata remonte la vallée de la Moselle jusqu'au pertuis de Bussang pour plonger sur le versant alsacien et continuer vers Bâle.

Les envahisseurs germaniques, aux IIIe et IVe siècles, Francs et Burgondes, prennent possession des vallées et des plaines, et s'ils ne guerroient pas, ils chassent. D'immenses domaines abondamment peuplés de gibier sauvage, de loups et d'ours, d'urus aux grandes cornes, se prêtent à cette occupation. De ce fait, ils interdisent aux habitants des forêts d'y construire à demeure et de cultiver de grandes étendues, d'y dresser des clôtures qui contrarieraient la poursuite du gros gibier et la circulation des troupeaux. On trouve à ce propos, dans les textes de loi de l'époque, cette notation au sujet des forêts domaniales : « Que les forestarii les défendent bien, et qu'en même temps ils gardent les bêtes et les poissons. Et si le roi a donné à l'un d'eux, à l'extérieur des forêts, une bête sauvage ou plus, qu'il n'en prenne pas plus qu'il ne lui fut donné. »

Ainsi ce nom de forestiers d'abord donné aux officiers royaux fut étendu par la suite à toute la population forestière et devint dans le langage populaire selon les régions froustier, froutier, frotier.

La « civilisation » va se faire un passage par d'autres portes et pénétrer ces peuplades de froustiers d'une autre manière : la religion.

La religion chrétienne qui se propageait comme une vague, et envahissait tout le pays des Burgondes, portée par ses prêtres, ses hérauts prédicateurs. Le roi des Francs a épousé une chrétienne burgonde et adopté sa religion.

Les moines seuls savent lire les textes anciens qu'ils recopient sur des parchemins. Ils sont amis des princes et des rois, des leudes maires du palais, ne craignent pas de s'opposer à leurs souverains barbares, ni d'entrer en conflit avec eux. Nombre sont ceux qui se voient forcés de s'écarter de leur maître pour fuir leur vindicte et se soustraire à leur vengeance... Ainsi, plusieurs s'enfuirent hors de portée des querelles fratricides des successeurs de Clovis et se retirèrent aux abords de la foresta vosgienne pour y fonder de nouveaux monastères : Colomban à Luxeuil, Amé au mont Habend aux alentours de 620.

Romaric, qui s'était enfui à Metz, y rencontre Amé, et les deux hommes décident d'un accord commun de fonder une abbaye au fond le plus reculé et sauvage du pagus Calvomontensis où Romaric possédait de grands domaines en usufruit, une importante « villa » occupée et cultivée par un millier de serfs, sur la rive gauche de la Moselle en face du mont Habend. Également, Romaric possédait plus de 1 400 manses serviles, petites fermes disséminées dans toute la région sud du royaume austrasien et le nord du royaume de Bourgogne, écartées des finages ou territoires cultivés attenant aux villae romaines devenues des villages. Les redevances provenant de ces manses permirent à Romaric, avec la bénédiction d'Amé et sous sa direction spirituelle, de fonder et d'ériger au sommet du mont Abend ce monastère de filles colombanistes pour dames nobles qui voulaient vivre à l'écart des troubles des cours.

Amé mourut en l'an 627, croit-on, au pied de la montagne où il avait repris sa vie d'ermite. Puis ce fut Romaric que la fièvre emporta presque quinze ans plus tard, inhumé aux côtés d'Amé dans la chapelle aujourd'hui Sainte-Marie.

Les colombanistes fidèles de Romaric ont travaillé très dur de leurs mains pour défricher la forêt, sécher le val, faire pousser le blé à pleins champs, et créer les premières paroisses, dont celle de Castellum Habendi, un hameau fortifié érigé dans la vallée en bordure des anciennes voies de Rome, et qui devint la ville de Romarici-Monte...

... lisait, dans le micro fixé au bout de son col de métal flexible :

– *Les monastères qu'Amé et Romaric fondèrent sur ce mont Abend étaient soumis dès l'origine à la très sévère règle colombaniste qui fut abandonnée aux alentours de l'an 800 et remplacée par la moins rigoureuse règle bénédictine.*

L'organisation ecclésiastique et temporelle de la congrégation avait à sa tête une abbesse de haute noblesse et sous la direction de celle-ci un certain nombre de dames nobles chargées des fonctions de culte et d'administration des biens et domaines. Ces dames nobles qui reçurent ensuite le titre de chanoinesses formaient le chapitre, et tenaient sous leur ordonnancement un certain nombre de moniales.

Un clergé mi-séculier, mi-régulier, composé de quelques prêtres, venait exercer son ministère dans les églises et chapelles du mont. Cette fonction remplie, ils se consacraient par ailleurs à une véritable tâche de missionnaires à travers les bans des vallées environnantes, qui devinrent des paroisses.

Et enfin, le chapitre employait un certain nombre d'officiers, de prêtres, de clercs, dont le rôle était de régenter et d'administrer la population domaniale, d'assister aux assemblées des bans, de lever des redevances et de rendre justice au nom de l'abbesse, seigneur des lieux.

Ainsi fonctionnait l'église de Saint-Pierre.

En 877, le roi de France Charles le Chauve, quatrième fils de l'empereur Louis, reconnaissant à ses vassaux, ses ducs et ses comtes l'hérédité de leurs bénéfices, abandonne de ce fait toute autorité sur les grands seigneurs. Les provinces du sud de la Lotharingie deviennent indépendantes, celles du nord se divisent en Haute et Basse-Lorraine, avec pour suzerains les empereurs d'Allemagne successeurs de Louis le Germanique qui sont aussi protecteurs et défenseurs des établissements religieux de leurs États.

Ainsi, le pouvoir fané des descendants de Charlemagne se changea en simple accord féodal avec les héritiers de ses serviteurs, en échange d'une promesse d'obéissance et de fidélité.

Il advint que l'abbesse et ses nobles dames décidèrent d'abandonner les constructions trop exiguës de montagne pour celles de la métairie sur la rive gauche de la Moselle où elles s'installèrent et où, un lundi de Pentecôte, furent translatées dans l'église du nouvel établissement les reliques vénérées des saints fondateurs Romary et Amé.

Enrichi par la générosité des rois de France, des empereurs d'Allemagne et des premiers ducs de Lorraine, mais aussi et surtout par les dons des familles des abbesses et chanoinesses, le chapitre fut bien vite d'une renommée sans égale dans toute l'Europe, et la métairie se changea en gros village, qui poussa, grandit et grossit et devint Remiremont.

LE VILLAGE SE SITUAIT À SEPT KILOMÈTRES, en direction de Mulhouse et du col de Bussang. À l'entrée du bourg prenait naissance la route en lacet qui grimpait au Ballon d'Alsace.

Il poursuivit sur la nationale en direction du col et traversa une partie de Saint-Maurice, à un moment, passé le pont qui enjambe l'Agne juste avant que le gros ruisseau se jette dans la jeune Moselle, il prit à droite, vers la place de l'église et la mairie, puis continua vers la vallée des Charbonniers. La place du village était déserte, avec seulement quelques voitures stationnées entre les bâtiments de la mairie et de la poste.

De nouveau tombait ce mélange sans nom de pluie et de neige molle, davantage d'eau que de neige, marquant les bas-côtés de traînées grumeleuses d'une bouillasse grise.

Il roula à allure réduite, prenant le temps d'observer le paysage dans lequel il s'enfonçait, de part et d'autre de la route qui montait en pente douce.

La vallée étroitement encaissée s'étrécissait de plus en plus au fur et à mesure de la grimpée, avec sur les prés à flanc des maisons pour la plupart construites depuis quelques dizaines d'années seulement, au vu de leur architecture. Deux scieries sur la droite, avec leurs tas de grumes, dans la boue des terre-pleins devant les grands bâtiments aux parois ouvertes.

Le ciel descendait bas sur les pentes, de nuages et de brume grise, comme accroché dans leur lente glissade aux crocs découverts et aux griffes tendues des forêts de sapins noirs dont on n'entrevoyait que les lisières effrangées.

Il roula un quart d'heure environ, à cette allure de tranquille promenade. La vallée de la Goutte du Rieu devint celle des Charbonniers sans que rien de particulier change – sans qu'il le sache.

À l'intersection d'une autre voie qui s'embranchait sur la départementale et filait vers la droite, en direction d'entreprises visibles de menuiseries ou charpenteries diverses, à en juger par les tas de planches et de billes qui les jouxtaient, il reconnut la maison sans pourtant l'avoir jamais vue.

Il sut que c'était *la maison.*

Il s'arrêta sur le bord du fossé, un peu plus haut que l'embranchement de l'autre route. À cause de l'altitude, probablement, la neige tombait plus épaisse et les flocons ne fondaient pas sitôt après s'être posés sur le pare-brise.

La maison n'était visiblement plus habitée depuis longtemps, mais pas ruine pour autant. Une façade grise, des taches de lèpre dans le crépi, des fissures. Les carreaux des deux soupiraux au ras de la route manquaient. Un escalier de pierre à deux pentes, à gauche et à droite, et dans le massif du perron une porte basse qui devait certainement ouvrir sur la cave, avec sur ses planches les traces gribouillées en creux, mais encore visibles, d'une croix gammée blanchâtre. Une rambarde de fer forgé rouillée, à laquelle manquaient quelques fuseaux. La porte était de bois gris, sa partie vitrée occultée par des planches d'une même grisaille qui situait leur pose dans le temps. Deux longues fenêtres de part et d'autre, que fermaient des volets de fer en accordéon uniformément recouverts de rouille. À l'étage trois fenêtres plus étroites, aux volets de bois.

L'inscription peinte au-dessus de la porte d'entrée était pratiquement effacée, râpée avec le crépi, amputée de plusieurs lettres, mais avec un rien d'application on pouvait décrypter ce qu'elle avait été à l'origine : *café-épicerie du Rieu.*

Un tracteur sans cabine descendit la route, son conducteur juché sur le siège, vêtu d'une sorte de pèlerine en caoutchouc noir pourvue d'un grand capuchon pointu. Il regarda au passage avec une insistance curieuse la voiture stationnée sur le bas-côté.

La neige s'était amalgamée en suffisance sur les vitres pour assombrir l'intérieur de la voiture.

Il redémarra. Reprit la route et continua vers le haut de la vallée.

Les maisons se faisaient rares, d'apparence plus ancienne. À cet endroit où la route, une fois de plus, s'ouvrait en deux, un panneau indiquait la direction du Rouge Gazon, à gauche.

Ce n'était pas ce à quoi il s'attendait. Il continua sur une centaine de mètres avant qu'une seconde bifurcation plonge sur la droite vers la forêt épaisse – ici pareillement une vieille pancarte de fer tordue et défoncée indiquait cette même direction du Rouge Gazon, par la vieille route défoncée et crevassée, qui ne devait certainement plus être empruntée que par les véhicules forestiers. Il ne s'y risqua pas. Fit demi-tour et redescendit vers le fond de la vallée, sous l'averse de neige épaissie et le ciel assombri.

Jusqu'aux prémices du soir, il roula à travers les différents écarts et quartiers du village. C'était redevenu de la pluie, fine et bruineuse, avec parfois des interruptions plus ou moins longues et des lambeaux de brume qui montaient des pans de forêts.

Il avait allumé la radio de bord.

Il était de retour dans sa chambre d'hôtel pour entendre Maria.

Il prit des notes sur un de ses carnets, d'une écriture rapide et probablement illisible pour tout autre que lui.

– Dès le début du XVIe siècle, le duc de Lorraine avait fait creuser de nombreux porches sur ses terres, dans les collines et montagnes de Bussang, cernant la source de la Moselle, à la recherche de minerai de plomb, cuivre et argent. Le chapitre de l'église Saint-Pierre n'avait aucun droit sur le produit de l'exploitation de ces mynes, situées sur le domaine forestier et les répandisses des chaumes de Bussang, Saint-Maurice et Fresse. Les porches, qui sont les entrées par lesquelles s'écoulait l'eau, se trouvaient au cœur de forêts escarpées et rocheuses de notre région. Ces travaux entrepris sous la gouverne des ducs ne tardèrent pas à prendre une grande ampleur, des ouvriers spécialisés furent recrutés hors les frontières, en Allemagne, au Danemark, en Suède.

Une nouvelle communauté naquit et s'agrandit rapidement, un monde à part regroupant tous les ouvriers travaillant aux mynes, depuis les mineurs à la creuse jusqu'aux forgerons fournisseurs de pointerolles en passant par les ouvriers aux bocards, les concasseurs de pierres, les boquillons coupeurs de bois, des bouviers conducteurs de charrois jusqu'aux fonderies des villages voisins… C'était une véritable société ouvrière en marge qui vivait selon ses codes et ses privilèges, ses lois, sa justice, bénéficiant d'avantages sociaux corporatistes dont les autres habitants des vallées, sur les terres et dans les bois, étaient privés. Le duc percevait un dixième du produit de ces exploitations minières, mais fournissait en contrepartie le bois nécessaire aux constructions diverses, au chauffage, ainsi qu'au combustible pour la fonte du minerai : un charbon de bois que produisait une population de charbonniers occupant les forêts de la vallée voisine... la vallée des Charbonniers.

Moins d'un demi-siècle d'exploitation suffit à peler de leurs forêts les monts les plus proches des mines, et la cherche comme le transport des bois devinrent de plus en plus difficiles, onéreux.

Les mynes avaient également obligé à la création de nombreux réseaux de chemins et de routes, pour assurer les transports incessants du minerai, puis du métal qui en était tiré, des innombrables marchandises nécessaires aux corps de métiers attachés à l'extraction et à l'exploitation. Les tracé, défrichement, creusement, terrassement de ces voies de communication étaient essentiellement effectués par les habitants des communautés soumis à la corvée.

Mais la production des mynes va décroissant... le rendement baisse régulièrement et certaines années de la fin du siècle, il atteint pratiquement le zéro.

Des verriers, pareillement, et leur industrie dévoreuse de combustible, installée dans certains points de la montagne de la Prévôté d'Arches, au ban de Tendon notamment, participèrent du défrichement et du pelage des forêts, dès avant même que s'ouvrent les premiers porches et creusements des mines... Les verriers furent moins longs que les mineurs à abandonner leur activité. De leur passage il ne subsiste que des noms de lieux évocateurs : la Goutte Verrière, la Tête des Fourneaux, des strates de scories sous les couches d'aiguilles de sapins, peut-être quelques vestiges de murets enfouis en quelques endroits perdus. Les coupeurs de bois vinrent et s'installèrent, pour un long temps chez eux.

Dans les hauts bois du domaine, des scieries furent construites au bord des ruisseaux canalisés. Selon les ententes, les sagards et propriétaires des scieries vendaient le produit de leur travail, planches et charpenterie, après autorisation du possesseur des forêts et paiement de la valeur du bois et des frais de martelage. C'est ainsi que ces gens du Haut-Bois prirent possession de la forêt sur les montagnes, et tous ceux qui travaillaient pour ces défricheurs occupèrent en grand nombre les vallées et des habitations disséminées sur les flancs des pentes.

La Renaissance de France laissa ses empreintes dans tout le pays de Lorraine, comme dans la vieille « montagne des bœufs sauvages » qui en faisait partie presque en catimini... De l'autre côté des montagnes, ils inventèrent la poudre et les armes qui vont avec, ils inventèrent l'imprimerie, ils armèrent des bateaux et s'élancèrent sur les océans, au nom des rois et de Dieu, ils allèrent découvrir le monde d'où ils revinrent avec des choses jamais vues auparavant, des idées, des pensées, des images, des plantes et des légumes. Des pommes de terre. Des tomates. Du tabac...

Dans cette France d'au-delà des montagnes, ducs et comtes avaient été longtemps seigneurs et maîtres, livrant batailles, entre eux et contre les Capétiens, avant que leurs provinces rejoignent le domaine royal par conquête, héritage ou mariage. Les grands seigneurs des provinces quittèrent donc leurs terres plus ou moins ancestrales pour s'approcher du roi et dresser dans ses alentours immédiats une cour empressée d'où ils pouvaient organiser toutes sortes d'approches du pouvoir. Ils laissaient derrière eux, pour gouverner et administrer leurs terres « abandonnées », des gens de bourgeoise et de petite noblesse, gouverneurs en titre, intendants aux rênes des tribunaux et des administrations.

Ce fut ce qui se produisit en Lorraine, comme ailleurs. Maris et pères, les chefs de famille étaient de condition héréditaire variable selon leur classe et le degré de leurs privilèges familiaux, des sommets de la noblesse où se recrutaient les membres du haut clergé jusqu'aux bas étages serviles seigneuriaux.

Dans les montagnes, bon nombre d'habitants s'étaient affranchis contre un droit d'hommage annuel et étaient devenus propriétaires de leurs maisons, terres attenantes, « meubles et marmite », censitaires des parcelles domaniales qu'ils exploitaient.

Les jardins clos, les terres cultivées ou non, d'une certaine étendue et sans limite marquée, composaient le finage des localités, différenciées des étendues sur lesquelles les habitations étaient éparpillées. Les municipalités des « villes » et villages taxaient d'un droit de bourgeoisie tout nouveau venu résidant – la moitié de cette taxe revenait au chapitre et à la prévôté, l'autre moitié à la communauté.

L'année terrible de 1636 marqua toute la Lorraine au fer et au feu.

Des troupes parcoururent les duchés, du nord au sud et du sud au nord et d'est en ouest comme dans le sens inverse, faisant de pratiquement toute la province un immense champ de malheurs. Partout, les noms de Saxe-Weimar, La Valette, La Force, Colloredo, Gallas étaient associés aux grands épouvantements que suscitaient leurs armées, les bandes qui les suivaient ou les précédaient, soldatesques errantes, pillards et picoreurs de tout acabit. Les noms tournaient de bouche en bouche parmi les populations des écarts et des collines perdues, des vallées oubliées – les noms et les exploits honorifiques ou les atrocités qui s'y rattachaient qu'on ne différenciait qu'avec une extrême simplicité : il y avait le duc et ses alliés impériaux, il y avait la France et les siens : l'ennemi. Dans un cas comme dans l'autre, le diable et ses cohortes que toutes les guerres entraînent et qui font leur loi…

Elle avait marqué un temps, long de silence et de souffle pendu.

Vincent laissant entendre que l'émission touchait à sa fin, avant que la voix volontaire de Maria reprenne :

– *Cette année-là l'été fut désespérément pluvieux et mauvais comme les plus vieux encore debout capables de se souvenir n'en avaient jamais vu. Là où il restait des gens pour cultiver, où les champs avaient donc été labourés et plantés et semés, la pluie qui s'abattit durant presque trois mois pourrit tout.*

Dans les paroisses du bout de vallée, on vit arriver par les montagnes des troupes de gens fuyant le malheur qui semblait s'être posé partout comme un grand oiseau sombre aux ailes lentement repliées. Ils passaient, ils s'arrêtaient, souvent laissaient des morts, ils repartaient.

De 1634 à 1642, les pâturages sont vides. Les mines et les scieries, les moulins sont à l'abandon, rapidement en ruine. Plus d'un demi-million de soldats – les occupants suédois, croates, allemands, français, et les défenseurs impériaux, autrichiens, suisses, partisans lorrains, les mercenaires des deux bords – ont dévasté la Lorraine, les uns après les autres au gré de leurs allées et venues, souvent de conserve, et les victimes civiles de la misère se montent pour le moins à un nombre équivalent…

PENDANT QUELQUES SEMAINES la grande Louisette continua de venir chaque matin pour 7 h 30, ouvrant la porte de devant qui donnait accès d'un côté à l'épicerie et de l'autre au bistrot. Louisette était la fille aînée de Groslejean, avec déjà, à seize ans, une carrure impressionnante, les épaules larges de son père, des hanches de femme mûre. Son oncle Malintrey, le frère de sa mère, faisait partie des déportés trahis qui n'étaient pas revenus, à la Libération.

Outre le fait qu'elle possédait une force peu commune pour porter les caisses de vin et de légumes et les sacs de grains, les tonneaux d'huile, tout ce que le petit commerce vendait, qu'elle mettait au travail une ardeur infatigable et une bonne humeur constante, de contact facile avec les clients, elle avait un cœur d'or, d'une vastitude en rapport avec sa corpulente silhouette.

Quand Maria était reparue un matin après que les hommes du maquis furent venus l'enlever dans la cour de l'école en pleine récréation et qu'elle eut disparu deux jours, Louisette avait fondu en larmes, s'écriant : « Maria ! Mon Dieu, madame, qu'est-ce qui vous est arrivé ? », l'empêchant de répondre si elle en avait eu l'intention en l'étouffant dans ses bras. Et Maria n'avait pas répondu.

Louisette n'avait pas réitéré la question, mais elle s'était occupée d'elle, elle avait été là, présente, lui avait fait de la soupe et l'avait obligée à se coucher, avait appelé le médecin – qui n'était pas venu –, et sans nul doute que le jour suivant Louisette savait comme tout le village ce qui était arrivé non seulement à Maria mais à son époux… qui ne devait jamais être enterré nulle part, en tous les cas pas au cimetière de Saint-Maurice-sur-Agne, dans aucun des environs proches de cette vallée, ni de la voisine.

Pourtant, dans le mois de janvier suivant la « mise en congé » de Maria, Louisette un matin ne vint pas, elle qui jamais n'avait manqué pour quelque raison que ce soit, de maladie ou autre, même quand les avions alliés bombardaient les ultimes sursauts de résistance des occupants.

Louisette ne vint pas et le lendemain non plus – mais elle frappa à la porte de derrière, le soir, dans la clarté nocturne de la lune déjà levée, alors que la neige, au sol et collée aux branches des arbres, crissait sous le gel mordant. Elle ne voulut pas entrer au chaud. Elle dit qu'elle ne viendrait plus servir à l'épicerie ni au bistrot. Elle se tenait bras croisés et la tête rentrée dans les épaules, encapuchonnée dans une écharpe, battant d'un pied et de l'autre, de gros nuages de condensation sortant de sa bouche et son nez. Elle dit que ses parents ne voulaient plus qu'elle vienne et elle avait les yeux humides, à cause du froid peut-être aussi… Elle dit qu'elle aurait bien voulu son compte, si ça ne dérangeait pas, et préféra attendre dehors, et quand Maria revint avec l'enveloppe contenant la fiche et l'argent de sa paie, elle saisit l'enveloppe dans sa main gantée de la moufle de laine et l'empocha, et elle dit : « C'est pas de ma faute, vous savez, Maria… » Se pencha vivement vers elle et lui planta un baiser glacé sur la joue, et tourna les talons et s'en fut en courant sur la neige craquante. « Je sais, Louisette... », dit Maria.

Maria s'occupa seule des deux commerces. Elle faisait ce qu'elle pouvait.

Dans le courant de janvier le boulanger cessa de lui livrer le pain qu'elle gardait en dépôt et vendait. Au téléphone, son épouse lui annonça qu'il ne viendrait plus, parce que ça n'en valait plus la peine, disant que ce n'étaient pas les quatre pains longs et les deux miches qu'elle vendait qui justifiaient qu'il « monte là-haut », et puis il avait entrepris de faire des tournées avec sa camionnette et de livrer lui-même aux clients qui le souhaitaient...

Effectivement, sa clientèle se raréfiait, quelques personnes âgées, dont le moyen de locomotion le plus performant était le vélo, venaient encore de loin en loin acheter un paquet de « Petit Beurre » ou un verre de « Déjeuner Lorrain »...

Au café, une poignée de poivrots désœuvrés, le cantonnier Durpoivre, des marcandiôdes de passage, continuaient de venir s'attabler dans la pièce sombre devant une chopine, des canons qu'ils faisaient durer, en espérant sans doute qu'elle leur tienne compagnie... Ce qu'elle évitait de faire davantage que le simple devoir d'amabilité commerçante ne le lui commandait.

On ne la voyait plus guère hors de la maison. Il lui arrivait de rares fois de descendre au village, pour les nécessités, pas même pour acheter son pain que le boulanger en tournée, donc, lui laissait... Elle allait à pied, dans une grande pèlerine grise fendue devant pour permettre le passage des bras. Parfois sur un « vélo de femme » au cadre dépourvu de barre horizontale.

À partir de janvier son ventre arrondi commença de se laisser voir. Elle sortit moins encore. Sous sa pèlerine, on ne remarquait pas vraiment son état. Mais elle ne portait pas sa pèlerine derrière son comptoir…

Bien évidemment, ce dernier cadeau vachard que lui avait fait Tobé avant d'être rectifié ne lui fut pas compté en pitié ni compassion, mais au contraire et le plus souvent en plaisanterie. Les surnoms « Maria la Boche », « Maria la Putain » s'étaient collés à elle, germés de ces confabulations vivifiées rescapées des temps troubles d'après-guerre, et avec ces appellations un certain nombre d'histoires qui disaient son rôle auprès de son mari dans la trahison de celui-ci, qui disaient ses rapports avec les Allemands, qui disaient son comportement aussi avec certains hommes du maquis, qui disaient… Chacun de ces événements présentait plusieurs versions qui se chevauchaient fréquemment sans pour autant causer problème à la véracité des faits…

Un matin de printemps, elle trouva des croix gammées peintes à la chaux sur les portes et les murs de la maison. Elle passa toute une journée à tenter d'effacer les signes d'infamie, dut gratter le crépi des murs. Quant aux portes, la chaux incrustée profondément dans le bois, il lui fallut les repeindre d'une peinture bleu marine dont elle trouva un pot dans le hangar. Avec le temps la peinture passa et s'écailla et il arriverait que les malheureuses marques réapparaissent comme des traces maléfiques laissées par des fantômes enfuis…

L'enfant naquit, comme pour une sorte de mauvaise farce, dans la nuit du 13 au 14 juillet… Elle avait appelé le taxi-ambulance au dernier moment, dont le conducteur se montra prévenant et aimable et s'occupa gentiment d'elle jusqu'à la maternité du village voisin.

C'était un garçon solide qu'elle prénomma Bastien, comme son père décédé en 1942.

Un garçon rondouillard et placide qui ne ressemblait certainement pas à Jean Tobé, n'était certainement pas ce « cadeau pourri » qu'il était censé lui avoir laissé en souvenir.

Avec le temps, on lui trouva les yeux et les cheveux de jais de sa mère. C'était un gamin mat de peau, au regard capable d'assassinats, un nez busqué… Mais elle ne voulut pas, jamais, lui trouver de ressemblance avec aucun de ceux dont elle ne tenait surtout pas à garder souvenance.

Bastien eut une enfance de pauvre que Maria s'efforça dans la mesure de ses moyens, autant que possible, de ne pas rendre honteuse. Elle n'y parvint certainement pas complètement.

Il fut scolarisé à l'école de la Goutte du Rieu où elle avait enseigné deux courtes années, jusqu'à ce que cette école ferme ses portes, faute d'élèves en nombre, et qu'une vaste réorganisation de l'enseignement refonde et groupe les classes du primaire dans les deux bâtiments, école de garçons et de filles, du village.

Il entra en apprentissage chez un menuisier-charpentier, après le collège, qui l'embaucha une fois son CAP en poche. C'était un grand gaillard aux cheveux longs qu'il laissait pousser jusqu'aux épaules et nouait parfois en catogan. Il ressemblait à un Indien de western…

Il avait passé une partie de son enfance à essuyer de la part de certains petits malins des quolibets auxquels il ne comprenait rien. On se chargea bien vite de lui fournir des explications. Les enfants de dix ans à peine pouvaient raconter les abominations prétendument commises par son « père » et sa mère avec la rudesse vindicative et sentencieuse de véritables témoins visuels des faits reprochés. Il sut se battre de bonne heure, avec une certaine efficacité. Et pendant quelque temps…

À partir d'une certaine bagarre mémorable qui coûta un œil à l'aîné Aison (et passa pour le résultat d'une chute accidentelle sur un pieu de clôture, après menaces à la victime d'y laisser l'autre œil, voire sa peau, s'il mouchardait), les accusations et les moqueries sournoises cessèrent. Ne se pratiquèrent plus au grand jour et directement, en tout cas.

Il posa les questions à Maria et elle y répondit.

Elle y avait longuement réfléchi, s'attendant bien à ce qu'un jour il lui fallût le faire. Cela lui avait paru plus… raisonnable, comme choix, pour le garçon, d'avoir un père, si abject qu'il fût, plutôt que pas.

Il serra les dents. Il n'en reparla jamais, à Maria. Ni des événements, ni de ce père évaporé dans la honte, sans sépulture, même anonyme, sur laquelle aller cracher.

Pendant une dizaine d'années, la situation de Maria s'améliora considérablement du fait de la paie mensuelle que ramenait Bastien, un salaire de charpentier compétent, au travail apprécié. Pour autant, la clientèle du bistrot comme de l'épicerie n'avait pas augmenté, et si les quolibets et insultes rancunières ne pleuvaient plus à découvert, on les sentait néanmoins lourdes et couvées, comme une pluie gonflant le ventre des nuages d'orage prêts à craquer.

Une atmosphère de rancœurs assassines tendue en permanence du dehors enveloppait la maison et ses occupants, mère et fils. Qui fait qu'il n'est jamais possible de se dire que les regards et les mots qui vous sont adressés, qui même seulement flottent autour de vous, dans votre proximité, ne sont pas mensongers, ne cachent pas d'autres paroles tapies, d'autres vérités jamais digérées toujours prêtes à la vomissure.

Bastien fut réformé. Il n'y voyait pas d'un œil, et la guerre d'Algérie finie ne réclamait plus instamment de viande fraîche.

À vingt-quatre ans il rencontra une foraine à la fête patronale. Une gitane aux yeux verts. Ses parents, père, mère, oncle et tante et cousins, tenaient un manège d'autos tamponneuses. À vingt-cinq ans il suivit la tribu sur les routes de France, de foires en fêtes foraines…

Mais sa fuite n'était pas celle d'un voleur. Bien qu'il n'eût pas repoussé cette occasion d'échapper à sa vie gluée aux filets d'un passé qui ne lui appartenait même pas.

Il parvint à convaincre Maria de quitter la maison de la Goutte du Rieu, dans laquelle, c'était pratiquement sûr, elle ne parviendrait pas à subsister, sans clientèle ni la paie de son fils, et sans passer par les aumônes du secours populaire dispensées par la mairie… qu'elle n'avait pas demandées.

La maison fut mise en vente. Bastien chercha et trouva un appartement modeste, dans le bourg voisin du Thillot, dont il décida de régler le loyer le temps qu'il faudrait, d'adresser à sa mère un pécule mensuel, jusqu'à ce qu'elle trouve un emploi.

Dans le mois qui suivit elle obtint cet emploi. On ne lui fit aucune difficulté pour le lui accorder, et pour la première fois depuis longtemps elle eut l'impression qu'on la regardait comme une personne *normale*. Qu'on l'appelait par son nom, Maria Lœwell, sans penser à un autre.

Elle était femme de ménage, technicienne d'entretien, à l'hôpital rural et maison de retraire des Tilleuls.

Elle l'annonça à Bastien dans une longue lettre qu'elle adressa à la boîte postale des forains, pour lui demander aussi de cesser de subvenir à ses besoins par ses mandats.

Elle reçut une réponse un mois plus tard, dans laquelle Bastien lui disait sa joie et lui annonçait son mariage avec Yenka, la gitane foraine. Il joignait une photo de la jeune femme et lui, qui regardaient en souriant l'objectif, tous deux les cheveux longs et noirs défaits qui leur tombaient aux épaules, tous deux plus Indiens que jamais...

Ce fut la dernière lettre de Bastien, elle ne reçut jamais plus de nouvelles de son fils braconné enfui, qui avait dû rompre définitivement les rets du passé une fois assuré qu'elle s'en était elle-même échappé.

Maria, Mme Maria, se fit aimer sans mal de tout l'établissement, aussi bien du personnel que des pensionnaires.

C'était une belle femme grave aux yeux sombres et aux cheveux qui mirent du temps à se marquer du sel par poignées que le temps y jetait. Son regard un peu triste pouvait pourtant s'illuminer magnifiquement quand une gaieté passait à portée, principalement au contact des gens. Elle avait un visage bien dessiné sans grandes ni profondes rides, encore, et qui gardait en souvenir précieux la beauté de ses années enfouies. Une grande femme au corps sans lourdeurs, aux gestes et mouvements qui n'avaient rien perdu d'une certaine légèreté.

Elle ne faisait pas que le ménage dans les chambres et autres parties des bâtiments, elle ne faisait pas qu'aider parfois aux cuisines, elle se joignait aux aides-soignantes (on l'y avait invitée), elle visitait les pensionnaires, les malades et les autres en bonne santé, elle leur donnait la conversation, leur tenait compagnie.

Les écoutait. Elle passait des heures à les écouter, à les entendre répéter les séquences de leur vie écoulée qui continuaient de les marquer en profondeur, ces bouts de souvenirs qui subsistaient, plus qu'eux, de leur existence. Elle écoutait palpiter de moins en moins fort, si tranquille, ce présent en conserve qui n'était plus fait que de fragments du passé.

Sans doute cela l'incita-t-elle à se pencher à nouveau, sérieusement, sur l'Histoire d'un passé plus vaste, nourri de tant et tant d'individus, de personnages connus et anonymes, tant et tant que leurs histoires ne se regardent pas autrement qu'au singulier et avec majuscule. Elle écoutait les histoires des gens qui n'avaient plus que cela pour vivre et elle leur en racontait une autre, des autres. Et les gens aimaient l'entendre et ils l'écoutaient à leur tour et leur existence assise sur un lit ou dans un fauteuil roulant devenait autre chose, pour un temps se remettait debout.

En 1986, Maria Lœwell prit sa retraire.

En 1990, elle fit à l'accueil sa demande d'une chambre individuelle. Les places n'étaient pas libres. Elle patienta cinq ans.

En 1995, elle fut admise et prit possession, en tant que pensionnaire, de la chambre 223, au 3e étage, au fond du couloir.

En 1648, quand le traité de Westphalie décrète officiellement la fin de la guerre abominable, la cause de la Lorraine sera fort peu défendue. Les derniers Suédois sont battus à Vincey, les villes d'Épinal, Mirecourt, Neufchâteau sont reprises, en 1650. Le duc s'allie aux Espagnols et à Turenne, mais cette alliance est défaite et les Français sont de nouveau en Lorraine, obligeant Charles à fuir en Belgique. À force d'intrigues, il s'attire les foudres de Philippe V d'Espagne qui le retient prisonnier en Espagne pendant cinq ans, jusqu'à la signature du traité des Pyrénées. Il lui faut attendre le traité de Vincennes en 1661 pour qu'il retrouve la Lorraine, amputée toutefois de quelques villes, et sous condition de détruire les murailles de Nancy.

À partir de 1645, les gens de la montagne avaient recouvré une toute relative quiétude, après le chaos des années passées, principalement, toujours, en raison de l'isolement dans lequel ils se trouvaient, et de leur indigence absolue. Certains qui avaient fui et survécu revinrent dans les ruines qu'ils retrouvèrent, reprirent leurs cultures et défrichèrent à nouveau leurs terres retournées aux brousses et taillis. D'autres venus d'ailleurs, qui avaient vu leurs maisons ou leurs villages rasés, prirent la place laissée par ceux de la vallée disparus, reconstruisirent et recultivèrent. Ils le firent durant plusieurs années pendant lesquelles la montagne se repeupla graduellement, mieux abritée que les autres territoires contre les nouvelles réquisitions…

La France administre durement la Lorraine. Quand Louis XIV, en 1672, déclare la guerre à la Hollande, les hostilités se poursuivent en Allemagne, et la Lorraine se doit d'entretenir en quartiers d'hiver l'armée française que commande Turenne. Lequel, dans l'hiver 1674, place en subsistance ses cohortes derrière les Vosges, ce que mettent à profit les Allemands pour occuper l'Alsace. Turenne commande alors à ses troupes de se rassembler près de Belfort, d'où il prend le chemin de l'Alsace, surprend et défait les Allemands et les repousse au-delà du Rhin. Il est tué à Salzbach en 1675 le 27 juillet la veille de livrer bataille. Cette même année, le duc Charles IV meurt subitement.

La Lorraine reste sous administration de son gouverneur français jusqu'aux traités de Nimègue qui mettent fin au conflit avec l'Allemagne, alors que les provinces d'Alsace et de Franche-Comté deviennent françaises. Sous prétexte que les vaux des bans vosgiens de Longchamp et Ramonchamp avaient fait partie de la Franche-Comté, le parlement de Besançon rendit sentence qui demandait leur attachement à la France. Il en fut de même de Strasbourg, décrétée par le parlement de Metz capitale alsacienne, et non plus « ville libre »…

Le corbillard quittait la cour de la maison de retraite au moment où il allait s'y engager. Il ralentit pour laisser le véhicule sortir, ainsi que les deux voitures suiveuses, dont il entraperçut, au passage, les visages pâles des occupantes vêtues de noir, la tête couverte de châle ou de fichu. Le petit convoi prit la direction du centre du bourg.

Le ciel s'était dégagé dans la matinée, découvrant de grandes bavures d'un bleu frileux entre les nuages déchirés. Les sommets des montagnes ressemblaient à de grosses pâtisseries saupoudrées de sucre glace. Une petite bise folâtrait de-ci de-là, sans véritable entrain, toutefois déjà incisive quand elle s'ébrouait.

Le soleil n'en finissait pas de s'allumer et de s'éteindre, traçant au sol des flaques lumineuses et puis les épongeant.

Il se rangea près de la porte d'entrée, en bout de file des quelques voitures stationnées. Prit son sac sur le siège passager, vérifia qu'il contenait tout ce dont il aurait éventuellement besoin – les carnets, l'appareil photo et le minimagnétophone numériques… – et passa la bretelle à son épaule.

Au sortir de la voiture, un trait de bise lui trancha les yeux.

Les portes de verre coulissantes du sas de l'entrée s'ouvrirent à son approche et se refermèrent derrière lui.

Une jeune femme brune en blouse blanche et gants de caoutchouc était occupée à frotter la paroi de verre de l'accueil surmontant un comptoir hémicylindrique, à sa droite. Elle le regarda venir à elle et ne descendit de la chaise sur laquelle elle était perchée que quand il lui eut demandé s'il pouvait voir Mme Maria Lœwell, quelle chambre elle occupait…

– Je ne crois pas, dit-elle, posant sur le bord du comptoir le chiffon et le pulvérisateur de produit d'entretien, et puis retirant ses gants, penchée sur ce qui se trouvait sous le rebord avancé du comptoir et qu'il ne distinguait pas. Non, désolée, monsieur, Maria n'est pas là…

À son air dépité, la jeune femme se hâta :

– Mais elle devrait être revenue dans une heure, ou deux. En fin d'après-midi, je suppose.

– Vous supposez ?

– Oui, je suppose. Vous voulez la voir vraiment, ou je peux lui laisser une commission ?

– Je veux la voir, dit-il. Merci.

– Alors en fin d'après-midi. Ce soir elle sera là. Il n'y a pas d'heures de visite strictes, vous savez, nos résidents ne sont pas…

– D'accord, dit-il. Je reviendrai. Elle est… elle est peut-être à la radio ?

Il fallut deux secondes à la jeune femme pour comprendre à quelle radio il faisait allusion.

– Oh ? la radio… Non, pas aujourd'hui, non, dit-elle, soufflant du coin de la bouche sur une mèche frisée de cheveux échappée du bandeau. Vous la connaissez ? Vous l'écoutez ?

– Je l'ai écoutée, oui.

– Elle est géniale, non ? dit la jeune femme avec un grand sourire tout en dents éclatantes. C'est pas simple pourtant, ce qu'elle raconte, et c'est pas que ça intéresse forcément tout le monde… Je veux dire… moi par exemple, l'histoire de la région et des chanoinesses, tout ça, les ducs, machin, les mines de cuivre, *a priori* j'y serais pas allée chercher… Eh bien Maria je l'écouterais des heures. C'est sa façon de raconter, je suppose, elle rend les choses intéressantes, je dirais. Vous ne trouvez pas ?

– Si, exactement, vous avez raison, approuva-t-il.

– C'est vrai.

Elle remettait ses gants.

– Elle est à l'enterrement, dit-elle. Je suppose que ça ne va pas durer une éternité. La messe, une heure, le cimetière… ensuite, mais là je pense que ça ne va pas s'éterniser.

– L'enterrement ? J'ai vu un véhicule funéraire qui sortait d'ici, quand je suis arrivé…

– C'est ça, dit la jeune femme. Une de nos pensionnaires. Elle était ici depuis longtemps, avant Maria, même, je crois bien. Maria leur rend visite, régulièrement, aux résidents, elle s'en occupe. Elle les aime bien tous, toutes, et tout le monde l'aime bien aussi. Je crois que ça l'a atteinte, que Mme Dunkert s'en aille, de cette façon-là… Elle avait l'air secoué, je trouve, encore hier…

Il ne demanda pas de quelle façon Mme Dunkert s'en était allée, pressentant qu'il suffisait d'un rien, ce genre de question par exemple, pour relancer sans fin le bavardage de la jeune femme.

Il dit qu'il repasserait sans doute en fin d'après-midi, salua d'un hochement de tête et quitta le sas d'entrée, un regard pointu banderillé dans la nuque.

Dehors, la bise lui donna en passant un autre coup de couteau plus acéré dans les yeux.

Il se dit que l'occasion aidant il pourrait peut-être ramener la vieille dame à la maison de retraite.

C'était simple de repérer l'église et son haut clocher, un peu plus compliqué d'y accéder. Il ne fallait pas manquer la rue en pente raide, partant de la Grand-Rue…

Devant l'église, une étroite place et un parking accrochés au flanc de la hauteur s'avançaient sur le vide, bordés d'un muret de pierre de taille. Il dut poursuivre sur la route qui replongeait vers le bas pour trouver une place, fit à pied le trajet inverse jusqu'à l'église. Le vent, sur la hauteur dégagée, qui courait sans encombre, le glaça jusqu'aux os dans son trois-quarts tout à fait inadapté à ces sortes de climats…

Il entrouvrit sans bruit le lourd vantail de la porte de l'église et se glissa à l'intérieur.

L'atmosphère particulière du lieu le saisit au creux de la poitrine. Il avait près de quarante ans et n'avait jamais mis les pieds dans une église – cette évidence, en plus de l'ambiance, acheva de le déstabiliser – ou alors, il y avait forcément très longtemps et il n'en gardait pas le moindre souvenir. La hauteur des voûtes, les couleurs éclatantes des vitraux, les statues alignées contre les piliers bordant cette grande allée centrale, entre les rangées de bancs… La fraîcheur pétrifiante n'avait rien à envier à l'extérieur, le vent en moins, et malgré des rampes de chauffage électrique suspendues au-dessus du chœur et des premiers rangs de bancs qu'occupaient une petite trentaine de personnes…

Devant l'autel où le prêtre en habit de lumière toréait son office, le cercueil était posé sur une sorte de brancard, recouvert d'un drap funèbre, noir et argent, et d'un grand crucifix de bois clair. Une couronne de fleurs appuyée au pied…

Il écouta se dérouler la cérémonie, les paroles du prêtre qui résonnaient sous les voûtes, en latin, tout aussi incompréhensibles quand c'était en français, voilées et déformées par l'écho, les maigres chants poussés par une voix chevrotante de femme invisible et accompagnés de mesures chiches d'harmonium… Les exclamations du prêtre et les répons mités de la maigre assistance…

Il mit un certain temps avant de la remarquer.

Une silhouette sombre, d'allure fragile, dans un habit – une veste ou un manteau – noir, la tête couverte d'une pointe de soie grise. Seule dans les bancs à plusieurs rangées en retrait de ceux qui étaient occupés à hauteur du catafalque, presque au fond, derrière un pilier contre lequel s'adossait une statue de Jeanne d'Arc brandissant son étendard.

Il la voyait de dos, pour la première fois en personne, et sut que c'était elle.

Le malaise revint et roula dans sa poitrine, entortillant le cœur qui battait un peu haut.

La cérémonie se poursuivit.

La vieille dame ne participait pas aux mouvements de l'assistance commandés par le prêtre – levez-vous, asseyez-vous, mettez-vous à genoux… –, elle restait assise, droite et rigide.

Il se tenait debout sur le seuil, près du bénitier de fonte, n'en bougea pas, n'avança pas plus loin. Quelques fidèles se levèrent et s'approchèrent de l'autel devant lequel le prêtre les attendait pour leur donner la communion, puis retournèrent sur leur banc. La vieille dame n'avait pas bougé.

Après trois quarts d'heure environ de présence, il quitta l'église. Dehors c'était devenu gris et plus froid que jamais. Le ciel était uniformément couvert, d'un bord à l'autre des montagnes assombries environnantes.

Il s'engouffra dans sa voiture et démarra, chauffage au maximum, descendit la rue jusqu'à ce qu'il trouve un endroit où faire demi-tour – une autre rue, pratiquement au bas de ce secteur en pente de la bourgade – et remonta vers l'église, devant laquelle il arriva au moment où le cercueil porté par les employés des pompes funèbres sortait sous le porche. *A priori* quelques participants n'avaient pas attendu la toute fin de la cérémonie pour s'en aller, le parking bondé quelques instants plus tôt n'était plus qu'au quart occupé, notamment par les deux voitures qui suivaient le fourgon mortuaire au sortir de la maison de retraite.

Il s'y engagea, se gara en bout de l'espace vide.

Ils embarquèrent le cercueil dans le fourgon. Deux hommes corpulents et cinq femmes en deuil de la tête aux pieds prirent place dans les deux voitures et suivirent le fourgon qui s'ébranla pile au moment où les cloches de l'église sonnaient leurs premiers coups. La petite colonne s'éloigna par la route qui fuyait à l'inverse de la pente, disparut au détour de la première maison riveraine, roulant vers le cimetière sans doute.

De la quinzaine de personnes sorties de l'église à la suite du groupe des proches, cinq ou six montèrent dans des voitures encore garées sur le parking, les autres s'éloignèrent à pied, suivant la direction prise par le fourgon noir, ou bien descendant la rue vers le village.

Il se dit qu'elle était sortie et qu'il l'avait manquée.

C'est alors qu'il la vit sur le parvis de l'église parfaitement vide la seconde d'avant, comme une espèce d'apparition soudaine.

Elle repoussa péniblement la lourde porte, renoua son fichu sous son menton. Elle portait un manteau qui lui descendait à mi-mollets, des bas noirs et des chaussures à fermeture Éclair qui lui montaient à la cheville. Un sac à main plat, de faux cuir noir. Son visage faisait une tache très pâle, barrée par le regard sombre.

Il la regarda descendre précautionneusement les quatre marches du parvis, au bas desquelles elle marqua un temps, pour souffler, ou comme si elle hésitait. Elle se tenait droite comme un I. Puis elle marcha jusqu'à l'abri de cars et prit place sur le banc de bois. Il ne voyait plus d'elle que les jambes, des pieds aux genoux, dépassant du montant de béton de l'abri.

– Bon Dieu, dit-il à haute voix, où est-ce qu'elle va, maintenant ?

Il ne parvenait pas à se décider. Savoir s'il pouvait se présenter à elle, là, maintenant... lui offrir de la ramener chez elle en voiture... de l'emmener là où elle voulait peut-être se rendre... Ce n'était sans doute pas la meilleure chose, ni la plus convenable, à faire.

Il attendit lui aussi.

Le froid s'insinuait de nouveau progressivement dans la voiture. Il se dit qu'elle allait attraper la mort, dans son abri aux quatre vents, son manteau qui ne paraissait guère plus épais que le sien... Il attendit.

Elle était assise dans l'abri et n'en bougeait pas. Des gens passèrent par deux fois qui montaient de la rue, des femmes et des enfants, cartable au dos, qu'elles tenaient par la main. Passant devant Maria et ne lui accordant pas plus d'attention que pour un salut, peut-être, ou même pas, ne trouvant rien d'étonnant à ce qu'elle fût là.

Il se disait que le bus allait venir et s'arrêter et qu'elle monterait dedans et que c'en serait fini pour aujourd'hui. Elle n'allait tout de même pas rentrer à la maison de retraite, à l'autre bout du village, en car ?

Puis le fourgon mortuaire réapparut, suivi par les deux voitures, et deux autres, et la colonne s'engagea dans la rue descendant vers le bas du bourg et disparut.

Maria se leva. Quitta l'abri et disparut à son tour derrière l'angle de la première maison.

Il attendit une minute, démarra, la suivit au pas.

Passé l'angle de la maison, la rue filait droit sur une centaine de mètres, en légère descente à flanc de coteau, jusqu'à un autre virage entre des maisons. Elle était vide. Il se retint d'accélérer. Roulant tranquille jusqu'au nouveau tournant, et là il l'aperçut, qui allait d'un bon pas, tête baissée. Le cimetière dressait ses murs d'enceinte à gauche, sur la pente. Elle atteignit le portail et entra et il ne la vit plus.

Il roula jusqu'à l'entrée du cimetière qu'il dépassa de quelques mètres, s'arrêta à l'angle du mur d'enceinte. Il descendit de voiture, ferma précautionneusement la portière en évitant de la claquer, courut jusqu'au portail. La lumière avait baissé presque soudainement et de façon considérable, comme si le soir avait décidé de s'installer d'un coup. Les nuages très assombris traînaient lourdement, gobant les saupoudrages des sommets.

Il entra dans le cimetière et l'aperçut immédiatement, qui se tenait debout dans la travée voisine à quelques tombes de distance de la sépulture fraîchement rebouchée, un tas de terre noire couvert d'un plastique, en attendant la pose de la pierre tombale laissée à proximité, sur les barres de marbre du périmètre à assembler, dans sa caisse protectrice. Elle se tenait là debout, à plusieurs pas, elle n'était pas allée jusqu'à la fosse recouverte.

Il y avait plusieurs personnes disséminées dans le cimetière, peut-être venues pour l'inhumation et qui profitaient d'être là pour une visite à d'anciens disparus familiers.

Il avança et se glissa lui aussi jusque devant une tombe faiblement distante de l'allée centrale. Une dalle de marbre noir, sombre, un crucifix couché taillé dans la masse. *Familles Lavier Courreau. Reposez dans la paix du Seigneur.*

Elle demeura où elle se trouvait plusieurs minutes.

Le vent qui avait tourné et soufflait par bouffées assez fortes l'obligea par deux fois à rabattre son fichu qui glissait sur ses cheveux.

Alors, elle bougea, son sac à main pressé contre son abdomen, sur son manteau, elle descendit entre les tombes, prit la travée au-dessus de celle qu'il occupait, pour rejoindre l'allée centrale. Elle regardait prudemment devant ses pieds. Au passage, il lui jeta un coup d'œil, hésitant à l'aborder, et puis sachant que non, il n'en ferait rien.

Elle avait sur des traits de pierre enserrés par le fichu une expression de grande imperturbabilité, et, crut-il voir, un sourire, auquel il ne s'attendait certainement pas, au bord des lèvres que le froid – certainement le froid – rendait exsangue.

S'il s'agissait bien d'un sourire et non pas, déguisé, d'un ordre plus cruel.

C'était loin d'être le soir et pourtant il faisait sombre. Les montagnes « de l'envers » s'étaient déjà enténébrées comme des gouffres debout, le soleil couché dans leurs épaules de bossues. Les lampes de rue comme les éclairages routiers allumaient lentement leurs faisceaux lumineux pour le moment encore dans les tons orangés.

L'entrée du bâtiment débordait de lumière. À l'accueil, ce n'était plus la jeune fille au chiffon de quelques heures auparavant mais une autre femme en blouse blanche, assise au plan de travail et qui tapotait sur le clavier d'un ordinateur portable. Passé le sas, au fond de l'entrée, six ou sept personnes âgées étaient assises sur des chaises et dans des fauteuils roulants, alignés contre le mur, devisant entre elles.

Il s'approcha de la paroi de verre ouverte de l'accueil, en constata machinalement l'irréprochable propreté après la séance de chiffon, et demanda Maria Lœwell à la femme qui leva un œil de son clavier dans sa direction pour reporter aussitôt son attention sur ses tapotements. Maria Lœwell, lui apprit-elle, n'était pas là.

– Elle n'est pas encore rentrée de l'enterrement, c'est cela ? dit-il. Je vais l'attendre.

Il eut droit, cette fois, non seulement à une véritable attention, mais à un regard appuyé et, lui sembla-t-il, presque soupçonneux. La femme avait un très gros grain de beauté sous la narine droite, qui paraissait lui tirer des lèvres un rictus permanent.

– Je suppose que c'est ça, oui, dit-elle, paupières plissées et les doigts en suspens au-dessus de son clavier. Elle n'est pas rentrée…

– Je vais l'attendre, répéta-t-il en indiquant le hall et les chaises alignées qui se faisaient face, contre les cloisons, dont une partie occupées par le petit groupe de pensionnaires.

– Vous êtes… Vous la connaissez ? demanda la réceptionniste.

– Sans doute… sans doute un peu, oui. Je la connais comme beaucoup la connaissent, certainement. Vous ne croyez pas ?

On le sentait forcé à l'amabilité, en réponse à la suspicion singulière à peine déguisée que lui manifestait son interlocutrice. Ce dont elle dut se rendre compte et ce qui l'amena à rectifier le ton :

– Je suppose, oui… Vous êtes journaliste, vous aussi ?

– On peut appeler ça comme ça, oui. Moi *aussi* ?

– On en a vu quelques-uns depuis hier. Mais pas pour Maria, en fait. À votre accent, on dirait que vous n'êtes pas de tout près… Ça se sait jusque dans le Midi ?

Il n'eut pas à se forcer pour avoir l'air étonné. Il dit :

– Pardon ? Qu'est-ce qui est censé se savoir *jusque dans le Midi* ?

– La mort de Mme Dunkert, dit la femme, plissant de nouveau les paupières, dans l'expectative. C'est la famille qui s'est mis dans la tête de chercher… sauf que c'est ni plus ni moins qu'un accident malheureux, qui devait arriver, on le lui disait depuis des mois, mais non…

– Pardonnez-moi, dit-il. Je ne sais pas de quoi vous parlez.

Elle haussa une épaule.

– De rien. Ce n'est pas... De rien, de rien. Bien sûr, vous pouvez attendre Maria dans le hall, ou bien dans la salle de loisirs du 3ᵉ.

Il hésita un quart de seconde, prêt à revenir sur la conversation et demander des éclaircissements au sujet de cet « accident qui devait arriver », mais il s'abstint, remercia d'un hochement de tête et d'une fraction de sourire la femme du guichet, se dirigea vers l'autre porte du sas de verre qui coulissa devant lui.

Il s'assit sur une des chaises du hall, la plus éloignée du groupe de pensionnaires. Ils lui jetèrent des regards curieux et répondirent à son bonsoir, puis reprirent leur conversation faite de tirades assenées dans l'ordre, à la file, personne ne chevauchant ni ne coupant jamais la parole d'un autre. Il pouvait bien se trouver à l'autre extrémité de la rangée de sièges, ce n'était pas suffisamment loin du petit groupe pour qu'il n'entende pas leurs propos, échangés avec la fougue de ceux dont l'ouïe se fane, et qu'il ne sache pas au bout de très peu de temps sur quoi portait leur conversation : cette façon très bête qu'avait eue la défunte récemment inhumée de passer *ad patres*, à cause d'une panne mécanique de son dispositif en oxygène, sous la dépendance duquel elle se trouvait jour et nuit, et qui, précisément quelques nuits auparavant, avait « foiré, c'est tout », comme le ponctuait régulièrement sur un ton de sentence rédhibitoire un des commentateurs, maigre comme un lacet et lui-même équipé de ce dispositif, sa bouteille à roulettes devant lui, le tuyau dans le nez.

– C'est son tuyau qu'a foiré, c'est tout ! Pas besoin de mettre ça sur le dos des infirmières et d'les accuser d'avoir pas fait correctement leur boulot ! Quel boulot, hein ? C'est la Denise qui voulait pas de son moteur dans sa chambre la nuit parce que ça faisait du bruit, alors...

Et d'expliquer comment, l'obus d'oxygène placé dans le couloir, la patiente avait dû se retourner dans son lit et tirer sur le tuyau qui s'était débranché dans son sommeil, et ce qui aurait été un simple inconvénient pour n'importe qui était devenu fatal pour elle qui ne dormait pas sans un bonne dose de « cachets pour dormir »...

Il prononçait « asphyxie mécanique » d'un trait, comme un éternuement.

Il en était à la troisième version répétée de l'affaire (avec commentaires sur la famille de la défunte qu'on n'avait jamais vue, ou presque, avant, et qui venait mettre les pieds dans le plat et menacer de procès pour négligences et compagnie le personnel hospitalier, des sales gens, qui débarquaient d'on ne savait où comme la gale) quand il aperçut dehors, dans la cour éclairée, la silhouette de Maria qui approchait de l'entrée.

– Tiens, v'là not' Maria ! lança le petit vieux maigre excité, et son exclamation fut accompagnée d'un bourdonnement de murmures réjouis.

Il se leva de sa chaise.

La porte s'ouvrit devant Maria qui s'arrêta pour échanger quelques mots avec la dame au guichet de l'accueil, laquelle lui signala que quelqu'un l'attendait et il la vit regarder dans sa direction à travers la seconde porte, son regard froncé, le pli de sa bouche serrée – un sourire rapide à l'adresse de la femme derrière le guichet du comptoir quand elle la quitta, et elle entra.

Des saluts fusèrent du groupe des parleurs assis.

– Madame Maria... Lœwell ? dit-il.

Elle avait un visage d'une étonnante fraîcheur, les rides marquant à peine son large front, sinon entre les sombres sourcils (elle les teignait ?), aux coins des yeux et commissures des lèvres. Quelques fissures dispersées, quelques taches sombres sur le bord des joues.

Elle acquiesça, à la question posée, d'un léger mouvement de tête, dénouant son fichu d'une main tremblante plus marquée par les ans que son visage.

– J'aimerais vous parler, si vous le permettez, dit-il. Maintenant, quelques instants, si vous n'êtes pas fatiguée... Si vous le...

– Ils sont déjà venus ce matin, dit-elle d'une voix claire. Et hier aussi, je crois. Ils ont écrit des choses insensées, dans le journal de ce matin. Ce n'était pas la peine.

– Non, dit-il, non. Je ne voulais pas... Je ne veux pas vous entretenir de cet accident, j'ai cru comprendre... Non, Maria, je voudrais vous parler de vos travaux sur l'histoire régionale. Ce que vous faites à la radio, mais aussi au-delà... Je voudrais vous parler, mais surtout vous écouter... vous poser des questions, si vous voulez bien y répondre.

Elle l'observait sans ciller. Le regard au niveau du sien, de pierre noire luisante, cerné par les plis froissés des paupières.

Pourquoi à cet instant crut-il qu'elle ne l'écoutait pas, qu'elle ne l'entendait pas, qu'elle n'avait pas à le faire ?

Pourquoi à cet instant dans ce regard d'abîme fut-il certain de lire qu'elle devinerait avant qu'il la lui donne la vraie raison de sa présence, si elle ne le savait déjà, si le tréfonds de ce regard ne le lui avait pas dit à la seconde où elle venait de le voir là, debout dans le hall de sa maison, qui l'attendait ?

Même si ce n'était pas là, ici et maintenant qu'elle l'avait rencontré pour la première fois.

Même s'ils allaient donc mentir un peu, un moment, obligatoirement, l'un et l'autre, et sans doute davantage l'un que l'autre, le temps nécessaire à l'apprivoisement... Parce qu'elle dit :

– Je crois que je vous ai vu au cimetière, non ? Tout à l'heure...

Avec comme une paille de sourire au coin de l'œil, dans les pattes-d'oie.

– Oui, dit-il, c'est bien possible, en effet. Je n'ai pas voulu vous aborder et vous déranger... Je n'ai pas osé.

Elle sourit et hocha la tête. Passa dans ses courts cheveux gris à peine moins épais qu'à son âge mûr une main un peu déformée, tremblante. Elle dit sur un ton sans doute moins sérieux qu'il ne voulait paraître :

– Pourtant, je suppose que vous avez une voiture, non ? Ça ne m'aurait pas dérangée si vous m'aviez raccompagnée, mon garçon. Ça fait un bout depuis le cimetière, et il commence à faire bien froid pour les vieilles carcasses de grand-mères dans mon genre...

Et il se retrouva plus gêné qu'un petit garçon pris en n'importe quel flagrant délit honteux.

– Je suis désolé, vraiment, bafouilla-t-il. Je n'ai pas osé... Bien sûr j'aurais dû. Je suis désolé.

– Je vous taquine, dit-elle dans un souffle bas, lui effleurant le bras d'une main apaisante. Vous voulez que je vous parle de l'histoire de la région ? C'est cela ? Quelle drôle d'idée, mon garçon... Et vous avez l'air d'être venu de bien loin pour ça, je me trompe ?

– D'assez loin, oui… mais ce n'est pas non plus le bout du monde. Je m'appelle Pierre… Pierre Arnaud.

Elle acquiesça d'un léger signe de tête. Cette petite étincelle dure au coin de l'œil, cette impression de sourire qu'elle donnait, comme il lui en avait surpris une autre forme alors qu'elle avait quitté le cimetière…

– Voulez-vous boire un thé, ou un café, un chocolat, Pierre Arnaud ? Il y a une cafétéria, ici, vous savez ?

Il dit que oui, certainement, il dit qu'il l'invitait. Mais qu'il ne voulait surtout pas la déranger, qu'il avait juste pris contact et que si elle était fatiguée, si elle préférait demain, il pouvait revenir, ce n'était pas pour lui un problème, il était ici quelques jours, pour elle…

– Pour moi, mon Dieu… dit-elle. Mais qui sait de quoi sera fait demain, Pierre Arnaud ? Ils ont un thé au caramel qui n'est pas mauvais du tout.

Elle lui prit le bras, l'entraîna. Ils furent salués au passage devant le rang des discoureurs par une grappe de plaisanteries bon enfant, qu'elle fit mine de n'entendre pas.

La paix ne revint durablement qu'après le traité de Ryswick, en 1697, et si la Lorraine fut « rendue » au petit-fils de Charles IV, le duc Léopold, elle n'en était pas moins devenue, dans les faits, une province française sous le pouvoir des hauts officiers civils et militaires nommés par le roi. Et c'est ainsi qu'au nom de ce roi de France les intendants exercèrent leur pouvoir absolu sur l'administration, la justice, les finances.

Déjà à cette époque, le tissage était pratiqué dans la plupart des foyers de la montagne. On cultivait le lin et le chanvre, le rouissage, c'est-à-dire la macération de la plante, le braquage et le peignage étaient des activités d'automne, alors que l'hiver était principalement occupé par le filage au rouet et, donc, le tissage. Un métier à tisser au moins, voire deux ou trois, occupait une pièce des larges maisons trapues construites au flanc des pentes. Quand les travaux du dehors ne pouvaient plus être exécutés aux mauvaises saisons, les hommes s'employaient au métier…

Même quand l'activité tisserande passa au rang industriel sous la direction des grands patrons alsaciens, dans les « usines » construites dans les vallées, au bord des rivières et des ruisseaux, avec leurs longues toitures en dents de scie, leurs hautes cheminées de brique rouge, même alors et pendant longtemps on trouva encore des « métiers » particuliers dans certaines familles des « hauts ».

Dans ces mêmes temps les petites et moyennes scieries se multiplièrent, et avec elles le flottage des trains de planches et de billes conduits par les « voileurs » sur le cours bas de la Moselle jusqu'aux villes importantes de Nancy et de Metz. On vit s'implanter également des tanneries et des corderies.

La guerre et ses années d'horreur avaient nombreusement décimé les anciens habitants des vallées et de la montagne. Les nouveaux possesseurs des terrains libérés de leurs précédents occupants s'étaient installés dans l'ignorance des droits en application avant leur venue. Ce ne fut donc pas mince affaire que de reconnaître les anciens et nouveaux abornements et mettre en vigueur les nouvelles droitures auprès de ces occupants venus prendre la place laissée par les disparus, la plupart du temps sans titre légal ni la moindre autorisation, tant sur les terres particulières abandonnées que sur certains secteurs du domaine public. Rares furent les successeurs et descendants de censitaires disparus qui purent retrouver les titres et preuves de documents attestant leur appartenance aux droits anciens. D'autres ordonnances établies par le duc Léopold assurèrent la régularisation de tous ces acensements, qui s'effectua progressivement sur de très longs délais, souvent dans la confusion que l'on peut imaginer…

La misère et les abominations continuèrent bien longtemps après les signatures des traités de paix, empêchant la Lorraine de maintenir l'indépendance qui avait fait son histoire jusqu'à lors. Et le peuple appelait de ses vœux la réunion à une France occupante qui accueillerait la province dans son entièreté sous sa protection…

Léopold, en vue d'alliance, espère l'union de son fils François avec l'archiduchesse Marie-Thérèse d'Autriche. La France, qui ne peut admettre cette annexion annoncée de la Lorraine par une puissance étrangère voisine, décide que Stanislas Leszczyński, beau-père de Louis XV et roi détrôné de Pologne, prendra la place du duc François III. À la mort de Stanislas, les deux provinces feront partie du royaume de France.

Stanislas, vulgaire exécutant du pouvoir de France qui l'avait mis en place, sut pourtant louvoyer et éviter que ne s'exerce trop rudement la tyrannie des ministres du roi.

De 1740 à 1763, la misère empire, la disette s'installe, les cultures sont désastreuses en raison de pluies continues, le bétail crève. Remiremont, qui est depuis longtemps le siège véritable de la justice organisée et de l'administration, devient chef-lieu de baillage. La Lorraine qui crève de faim et de misère ne peut compter sur l'aide tirée du commerce avec les autres provinces, notamment la France, les droits de douane sur les produits les plus essentiels serrent de plus en plus le garrot…

C'est par l'Allemagne que s'introduit jusque dans les montagnes des Vosges la culture de la pomme de terre.

La coutume veut qu'elle fut apportée dans ces régions par les soldats suédois, dès le début de la guerre de Trente Ans. Culture sauvage, négligée par la dîme due au clergé pendant longtemps, elle prit une importance telle qu'elle remplaça bientôt en certains endroits une grande partie des plantations de céréales. Près de cent ans avant que Parmentier n'en fasse une manne pour Paris, la pomme de terre a pris possession des terres rudes montagneuses et sauvera bien des vies menacées par la famine.

IL AVAIT TRÈS MAL DORMI.

Dans la soirée, il avait écouté Maria à la radio – l'émission suivait un programme assez élastique et peu formel, assurant néanmoins un semblant de quotidienneté, et la durée de sa diffusion, tout aussi fantaisiste, s'étirait entre dix minutes et une demi-heure, jonglant avec les rediffusions. Il avait l'impression d'avoir déjà entendu une partie de cette émission-là. Elle devait enregistrer une fois par semaine, c'était ce qu'elle lui avait dit, ce qu'il croyait se rappeler.

Devant une tasse de thé au caramel, dans la salle de cafétéria pratiquement vide à l'exception d'un couple de visiteurs et leur petite fille sage qui accompagnaient un résident, sous le regard soupçonneux de la fille de service qui ne se cachait pas vraiment pour tendre l'oreille, il lui avait expliqué son projet, donné les raisons de sa présence ici.

Il n'était pas certain qu'elle l'eût cru.

En y resongeant, en tout cas, il s'était rendu compte que lui n'y croyait pas – n'y aurait pas cru.

Mais elle avait fait comme si. Ne s'était pas montrée trop regardante. Qu'un journaliste de Sud Radio prépare une série de témoignages et reportages sur l'histoire des régions de France, avant qu'elles soient la France et après, et notamment à travers les conflits qui les avaient déchirées et quelquefois séparées de la mère patrie… après tout, pourquoi pas ? Bien sûr que c'était crédible. Bien sûr que ça ne l'était pas.

Il se dit qu'il inviterait la vieille dame au restaurant, au déjeuner, ou une autre fois ? Et il en fit part à la jolie patronne de l'hôtel, qui prit note, lui assurant que les réservations n'étaient pas utiles, en semaine, à cette période de l'année…

Il parcourut en prenant son petit déjeuner les nouvelles de la région, dans le journal local.

Un entrefilet sur le décès de Denise Dunkert, purement accidentel ou consécutif à une faute du personnel soignant qui n'aurait pas dû laisser la machine à oxygène sur le pas de la porte ouverte de la chambre, risquant ce qui avait dû se produire : la fermeture de la porte coinçant le tuyau d'alimentation en oxygène de la malade, ou l'arrachant, ou facilitant son arrachement provoqué par un mouvement de la malade…

Il faisait froid et beau, dehors. Il se rendit à la maison de retraite à pied.

Maria l'attendait dans le hall, en discussion avec une infirmière. Il était clair que l'affaire de la machine à oxygène occupait les esprits et toutes les conversations.

Elle se trouvait là comme si elle avait attendu depuis la veille son retour. Lui proposa de se rendre chez elle, au 3e, chambre 223. Ils prirent l'ascenseur.

Ils croisèrent dans le couloir labyrinthique quelques femmes du personnel ménager, deux infirmières promenant des vieillards gris et courbés, un infirmier qui tentait de convaincre une grosse dame frisée en robe de chambre, agitant un sac à main ouvert, que ce n'était pas le jour où Saint-Nicolas passait dans les rues…

Maria échangea quelques salutations de politesse, quelques mots, avec cette étrange population au ralenti, non pas de rue mais de couloir.

La pièce avait les dimensions d'une grande et confortable chambre d'hôtel. Claire et très propre. Un placard, entre la fenêtre et la porte-fenêtre donnant sur un étroit balcon à haute rambarde garde-corps de plexi. Un lit et sa couette rouge. Une télévision sur son support mural. Deux tables étroites, une couverte de livres et de chemises et de paperasses, de cahiers. Un fauteuil de relaxation, à la tête du lit, près de la porte-fenêtre, avec quelques magazines sur le siège de cuir basculant.

Près de la table sous la télévision, un petit meuble, une petite bibliothèque à roulettes, trois rayons chargés de livres.

Il y avait une photo au mur, dans un cadre d'aluminium mat, sous verre. À la tête du lit, à gauche. La photo d'un couple, jeunes et souriants, bronzés, des longs cheveux très noirs et luisant de reflets bleutés pour le jeune homme comme pour la jeune femme. Un couple d'Indiens de cinéma. Cette photo. Une seule.

Son regard glissa sur la photo et sur le reste de la pièce, sans s'y arrêter davantage, comme si de rien n'était.

Et elle suivit ce regard du sien, comme si de rien n'était.

– Comment donc allons-nous faire ? dit Maria. Asseyez-vous, mon garçon, dit-elle en désignant une des deux chaises.

Elle prit place dans le fauteuil après en avoir enlevé les magazines qu'elle jeta sur le lit rouge.

Elle dit :

– J'ai une cinquantaine de cahiers de notes, au bas mot. Là, sur la table. Mais ça ne vous servira à rien. Vous ne pouvez pas les photocopier, vous ne pourrez pas les lire. Regardez.

Il regarda. Elle disait juste. Il feuilleta un, deux cahiers. Les reposa.

– Avec le temps, dit-elle, je ne sais pas pourquoi, ça s'est gâté. Pourtant, avant, j'avais une belle écriture d'institutrice, voyez-vous. Je me devais de donner l'exemple. Et puis… Et puis sans doute que je ne m'en suis plus senti cette responsabilité, ce devoir, sans doute… Quelquefois j'ai même de la peine à me relire. Il faut que je réécrive, pour la radio, pour ne pas buter et bredouiller à la lecture. Comment pouvons-nous faire ?

– Comme à la radio, dit-il avec un sourire encourageant. J'ai de quoi vous enregistrer…

De son sac posé sur le lit il sortit son matériel, ses carnets, son mini-enregistreur.

– Et votre micro ? demanda-t-elle avec une préoccupation d'habituée de l'opération.

Il lui expliqua que le micro se trouvait dans l'appareil, elle ouvrit des yeux ronds…

– Mon Dieu, soupira-t-elle, alors il faut que je recommence tout du début ?

Comme si cela lui paraissait tout à coup représenter un effort au-dessus de ses forces…

Il la rassura. Il proposa de demander copie de ses enregistrements radiophoniques aux opérateurs bénévoles de Radio Vallées et Chaumes, ce qui ne devrait pas poser problème. Et de poursuivre, là, à la suite de ses notes, où elle en était restée. Ce qui serait enregistré pourrait en contrepartie être communiqué à la radio associative qui en ferait des copies et saucissonnerait à sa guise.

Elle lui demanda qu'il lui passe ses cahiers, en choisit un. De la poche de sa blouse à minuscules fleurs blanches elle sortit un boîtier qu'elle ouvrit de ses doigts tremblants et chaussa ses lunettes et se racla la gorge.

Elle lut, sans discontinuer, interrompue une fois pour un changement de batterie, une heure pleine.

– Voilà, dit-elle quand elle eut terminé, la voix un peu rêche, en refermant le cahier.

Il invita Maria au restaurant le lendemain, comme il avait prévu de le faire. Elle ne dit pas non. Elle accepta même sans hésiter, passé les deux secondes d'étonnement que provoqua cette invitation à laquelle elle était à cent lieues de s'attendre.

Il le lui proposa après une lecture de trois quarts d'heure au micro intégré du petit appareil, soit la moitié des pages, couvertes d'une écriture pratiquement hiéroglyphique, d'un de ses cahiers à spirale. Surprise oui, et il crut même déceler une roseur furtive colorant ses pommettes. Elle lui demanda un instant, pour lui permettre, dit-elle avec un plissé de paupières taquin, de se faire belle.

Il l'attendit dans le hall où elle le rejoignit un petit quart d'heure plus tard, saluée par les exclamations admiratives appuyées de deux infirmières, le sourire de la dame de l'accueil, vous êtes magnifique, dit-il en jouant lui aussi ce jeu-là, ce qui provoqua une nouvelle roseur aux joues de la vieille dame, un regard baissé touchant. Le compliment était mérité. Vêtue d'un manteau qui n'était pas celui qu'elle portait à l'enterrement, de couleur prune, légèrement cintré, avec un col de fausse fourrure cœur-de-pigeon, sur un ensemble tailleur gris, chaussée de bottines assorties à petits talons, son foulard de soie au cou, tête nue… D'une certaine manière, la légère érosion au bord des manches du manteau ne lui donnait que plus d'élégance, pour avoir si bellement traversé le temps.

Il l'aida à monter dans la voiture, il l'aida à en sortir. La salle de restaurant n'était pas occupée à moitié de sa capacité.

Elle mangea peu, lentement. Donnant l'impression qu'elle savourait non seulement chaque bouchée de son escalope à la crème aux morilles, mais chacun de ses gestes. Comme si ses mains ne tremblaient plus si haut quand elle maniait ses couverts, quand elle saisissait le verre de vin pour le porter à ses lèvres.

Elle lui avoua, confuse, au dessert, que c'était la première fois de sa vie qu'elle mangeait dans un restaurant, qu'il était la première personne à l'avoir invitée dans un tel endroit, même son fils ne l'avait jamais fait.

Elle avait eu un fils, oui, dit-elle les yeux dans les yeux pour une terrible seconde appuyée, avant de détourner le regard et de trancher un petit morceau de glace à la vanille à la pointe de sa petite cuillère. C'était lui, sur la photo, dit-elle, sans préciser davantage à quelle photo elle faisait allusion, comme si à l'évidence il ne pouvait pas ne pas savoir.

Elle lui parla de sa vie passée, un peu. Trois ou quatre bribes sans danger. Des souvenirs de quand elle était institutrice et des « bons gamins » qu'étaient ses élèves, le temps que ça avait duré, avant que la guerre n'y mette fin. Que la guerre de la même façon ne gomme son mari de sa vie à jamais. Elle n'en dit pas autre chose. Il ne demanda rien. Il l'écoutait, les yeux brillant d'une émotion partagée qui lui faisait, à elle, détourner le regard du sien.

Ils furent les derniers clients. La jolie patronne des lieux vint s'enquérir aimablement du bon ordre des choses et reçut de Maria pour réponse un sourire radieux qui se passait de mots.

Ils revinrent le lendemain, et le surlendemain encore. Et ce jour-là le soir également – c'était pratiquement en partance pour une habitude.

Il la raccompagna à la maison de retraite un peu avant 22 heures.

Il neigeait. Il lui ouvrit la portière et l'aida à descendre de voiture, lui donna son bras afin qu'elle s'y appuie, le sol goudronné du parking était glissant sous la fine couche de neige, et l'accompagna jusqu'à la porte qui s'ouvrit devant eux. Un instant elle demeura sur le seuil, défaisant le foulard qui la coiffait, suivant des yeux la danse lente des flocons de silence blanc dans les lumières de la rue, au-delà du mur d'enceinte. Dans un de ces sourires que les enfants dit-on adressent aux anges, elle murmura :

– On croirait Noël, vous ne trouvez pas ?

Il opina. Il dit :

– Rentrez vite, Maria. Vous allez prendre froid.

– Pas de danger, mon petit Pierre, assura-t-elle.

Il la suivit des yeux, qui s'éloignait dans la lumière crue du hall désert, à pas prudents, pour ne pas glisser, et disparaître, tournant à l'extrémité du couloir, vers l'ascenseur.

Il vint la voir jusqu'au dimanche, chaque jour. Le matin ou l'après-midi, parfois le matin *et* l'après-midi, pour une heure d'enregistrement à chaque fois, sinon davantage, et souvent lui faisant compagnie pour plus de temps encore sans que le micro de son appareil soit enclenché ni qu'elle lise le contenu de ses cahiers.

Elle parlait des gens du pays, sans les nommer personnellement, des gens en général, de la façon dont ils vivaient, ici. Elle parlait de quand elle était petite, non pas ici mais dans un village voisin où elle avait grandi sur la pente d'un val étroit, dans une ferme isolée, avant de déménager vers le fond de vallée. Des chats qu'elle avait toujours eus dans ces maisons-là, et ensuite, plus tard, quelques-uns encore, ça lui manquait, des chats, mais c'était interdit dans la maison de retraite, elle le comprenait bien.

Le vendredi, Vincent-de-la-radio se pointa alors qu'ils enregistraient un des derniers cahiers. Ils eurent une discussion et il fut convenu qu'ils échangeraient leurs enregistrements respectifs.

Vincent resta un moment, après. C'était un noiraud avec lui aussi un léger accent du Sud, il avait lui aussi été enseignant, il était natif du pays de Giono, et arrivé un jour dans cette vallée des Vosges n'en était pas reparti, amoureux de l'endroit au point de consacrer tous ses temps libres et ceux mêmes qui ne l'étaient pas à son histoire, d'organiser et d'animer des événements en tout genre s'y rapportant d'une manière ou d'une autre.

Il y avait une fête, le samedi après-midi, dans la salle commune de l'accueil, consacrée à l'anniversaire de plusieurs pensionnaires nés aux dates de cette semaine écoulée. De la musique et des chants résonnaient en vagues qui se gonflaient et se dégonflaient dans les couloirs.

Il frappa à la porte du 223 et elle l'invita à entrer. Elle l'attendait assise sur le lit recouvert de la couette rouge. Il lui demanda si elle ne voulait pas se rendre à la fête mais elle repoussa l'offre d'un signe négatif de la tête. Sans un mot il déballa ses affaires, et aussi la chemise cartonnée jaune dont elle n'avait jamais vu que la tranche quand il ouvrait son sac. Elle posa un long regard sur la chemise, ne dit rien elle non plus, et son regard se déroba, et elle prit le dernier cahier, l'ouvrit à l'endroit marqué d'un morceau de papier, elle attendit qu'il dépose l'enregistreur sur la chemise jaune et elle se mit à lire et sa voix tremblait un peu, et tout le temps qu'elle lut il y avait des moments où sa voix tremblait, ainsi que des temps creux, des encoches de silence, pour reprendre son souffle ou se remettre les idées en place, comme cela ne s'était jamais passé auparavant, lors des précédentes séances de lecture.

Et puis lisant, la voix presque basse :

– *Les gens d'ici comme les autres faisaient désormais partie, enserrés dans les filets de lois communes, d'une même nation, qu'on disait indivisible et dont la tête se dressait quelque part, loin, de l'autre côté de la montagne, hors de vue, même depuis les hauteurs des sommets.*

Elle referma le cahier.

Ils restèrent un instant sans un mot, sans un mouvement.

– Merci, Maria, dit-il.

Coupa le dictaphone.

De la fête lointaine qui pulsait dans les entrailles de l'endroit, une bouffée de rires et de chants portés par des tirades d'accordéon s'infiltrèrent jusque dans la chambre.

Il était assis sur la chaise d'un côté du lit, elle dans le fauteuil, de l'autre côté. Il regarda longuement la photo sous verre, au mur, que d'où elle se tenait elle ne pouvait pas voir, c'était lui qu'elle regardait, et quand il détourna ses yeux embués ce fut pour croiser son regard pareillement brillant. Il tenta un sourire.

– C'est une photo que je n'avais jamais vue, dit-il.

Elle essaya pareillement un sourire en retour :

– C'est la seule que j'aie, il ne m'en a jamais envoyé d'autres.

– Je m'appelle Justin, dit-il.

Elle fit « Oh », du bout des lèvres. Avalant de la salive après un léger raclement de gorge, piquant du bout d'un index tremblant la larme qui lui débordait d'un œil.

– Tu repartirais avec moi, au soleil ? demanda-t-il doucement.

Elle leva le menton et ses yeux brillèrent davantage.

– Mon Dieu, mon petit… C'est bien trop tard, tu comprends bien. À mon âge, on ne part pas, on ne part plus que dans une direction… Tu as des frères et sœurs ? Dis-moi…

– Une petite sœur, Annie. Elle est née en 1980. À quinze ans elle est partie…

– Mon Dieu…

– Non, non… partie de chez nous. Elle ne s'entendait pas très bien avec papa. C'était… c'était une forte tête, elle est partie un matin, elle a pris le train pour Paris, et on n'a jamais plus eu de nouvelles, on ne l'a jamais revue. Je ne peux pas te dire si elle est morte ou vivante.

Elle hocha la tête.

Justin saisit la chemise cartonnée jaune et l'ouvrit, il en sortit l'enveloppe à l'adresse de Bastien Lœwell – deux adresses, la première de l'écriture appliquée et déliée de Maria, barrée, avec la mention FAIRE SUIVRE, et une seconde adresse, au marqueur, qui était la bonne.

– Ce n'était plus la bonne adresse, dit Justin. Depuis longtemps. C'est assez étonnant de la part de la Poste qu'ils soient parvenus à faire suivre…

Il tira de l'enveloppe une autre enveloppe et une lettre de quelques lignes sur un feuillet plié en deux, signée *Maman.* L'autre enveloppe adressée à « Bastien Tobé, aux bons soins de Maria Lœwell » à l'adresse de la maison de retraite Les Tilleuls, le Thillot.

– J'ai ramené la lettre de ce… Gastier… J'ai été obligé de la lire. Je suis, désolé, je suis désolé, Mar… grand-mère. Je suis désolé.

Elle eut un mouvement de mâchoire comme si elle mâchait quelque chose de dur.

– Désolé pour quoi, mon garçon ? D'avoir lu ce que ce… Gastier prétend ? Qu'il pouvait bien être le père de Bastien ? Qu'il avait tout à coup, au bout de son chemin, envie de le connaître et de savoir ? S'il ne m'avait pas entendue dans cette radio je suppose qu'il ne se serait pas souvenu de moi… Encore que, je ne sais pas si ce sont des choses qu'on oublie. Pour certains sans doute…

– Il ne l'a pas lue, dit Justin. La lettre est arrivée il avait déjà perdu conscience. Il est… il est mort, il y aura deux mois demain.

Elle ferma les yeux. Elle hocha la tête. Elle demanda très doucement :

– Et ta maman, Justin ? Elle était si belle, ta maman, Justin…

– Elle est morte la première, d'un cancer du péritoine, la veille de l'an 2000. Il n'a plus été pareil, après. Il est devenu un homme qui attendait l'occasion de la rejoindre… Pas de la rejoindre, parce qu'il n'y croyait pas, mais… de la *rejoindre* quand même en partant, d'une certaine façon.

– D'une certaine façon, approuva-t-elle.

– Il m'avait parlé de toi, sur la fin. Il avait une photo de toi, au moins une…

De la chemise en carton il tira une autre enveloppe blanche de laquelle il sortit la photo aux bords crantés, jaunie, d'un groupe d'enfants en blouse groupés autour d'une jeune femme d'une grande beauté, aux cheveux et yeux très noirs, au sourire contenant mal tout ce bonheur qu'elle ressentait, c'était criant, à être là.

– Il disait : « Ma mère, elle était institutrice, c'était et c'est toujours sans aucun doute la plus belle et la meilleure femme du monde. » Il me l'a dit cent fois.

Maria prit la photo qu'il lui tendait et elle étouffa une légère exclamation derrière sa main et les larmes coulèrent.

– Mon Dieu, dit-elle, où il a eu cette photo ?

– Je ne sais pas, grand-mère, mais il l'avait… Et c'est lui qui m'a dit que tu t'intéressais à l'histoire de ta région… Tout n'est pas faux, tu sais, je suis vraiment journaliste, à la radio… Après la lettre, je n'ai pas eu de mal à te trouver. Pendant longtemps avant qu'il se mette à reparler de toi, on croyait même que tu étais morte, je suppose.

– Pourquoi… dit-elle. Pourquoi il n'a plus donné signe de vie.

Il se leva et il fit le tour du lit et il vint se pencher sur elle et l'embrasser sur le front. Elle lui saisit les mains et il la souleva du fauteuil et il la serra contre lui, elle tenait la photo dans ses mains croisées dans son dos.

– Je ne sais pas, dit-il au bout d'un moment, quand sa voix eut repris assurance. Je ne sais pas. Parce qu'il était parti.

– C'est sans doute ça, oui, dit-elle.

Elle s'écarta de lui, du bout des doigts de sa main libre caressa légèrement sa joue. Elle se laissa retomber dans son fauteuil, la main devant sa bouche, les yeux noyés regardant la photo de la toute jeune femme si heureuse parmi les enfants rieurs.

– C'est moi, dit-elle. C'est moi qui l'ai dénoncé aux maquisards. C'est moi qui ai écrit cette lettre qui le dénonçait pour ce qu'il avait fait, lui et sa salope… Je l'ai pas nommée, elle, je ne savais pas si elle trempait ou pas dans cette abominable dénonciation à la Gestapo des soixante résistants. J'ai écrit cette lettre parce que Jean Tobé m'avait trahie et me trompait avec cette garce, mon garçon. Et qu'après en avoir été follement amoureuse, je le haïssais de tout mon être, de me faire subir ça, avec elle et avec d'autres, il couchait avec toutes les… Mais avec elle surtout, cette garce-là, pour laquelle je savais qu'il était capable de me laisser. Cette garce de Denise Dunkert, dont j'ai souhaité la mort des années et des années, des jours et des nuits, toute ma vie, et que je n'ai jamais revue avant qu'elle soit admise ici, en 1990… J'ai attendu cinq ans, encore, ma demande faite, pour avoir cette chambre, en résidence… Attendre encore… que le moment vienne.

Elle leva les yeux sur lui. Les larmes coulèrent au long de ses rides encadrant un sourire figé et la plus lourde tomba sur la photo qu'elle tenait entre deux doigts tremblants, et elle secoua la photo, plusieurs fois, pour la faire glisser, mais elle ne glissa pas.

Durant plus d'un siècle, des garnisons françaises occupent la Lorraine que des gouverneurs et des intendants administrent au nom du roi. Cette administration s'occupe essentiellement du prélèvement de fortes taxes et impôts ajoutés à d'autres taxes anciennes pour le compte de la province.

Les montagnards descendants des froustiers vivaient pratiquement en autarcie et ne mangeaient que leurs produits d'élevage et de culture. Lait, millet, orge, farines diverses, du beurre et du fromage, des œufs, des volailles élevées en quasi-liberté autour des maisons. Les viandes de bœuf et de porc étaient salées, fumées, séchées. Les légumes des potagers conservés dans les caves, les choux coupés en choucroute. Des fruits de vergers et des fruits sauvages, des brimbelles, des framboises, pommes acerbes, noisettes, des noix pour l'huile, s'ajoutaient aux poissons pêchés dans les ruisseaux, les étangs, aux gibiers chassés ou braconnés. Les étoffes et les linges de lin et de chanvre, d'orties, les lainages, provenaient en belle partie des métiers de tisserands. Une maison se construisait à plusieurs voisins, les hommes de ce pays aptes à toutes les besognes, sachant tout faire de leurs mains, trouvant sur place les matériaux nécessaires, la pierre et la glaise pour la maçonnerie, les bois d'essences diverses pour la charpenterie et l'ameublement.

Des forges simples suffisaient à la confection d'outils, quelquefois de clous, encore que le chevillage suffît aux assemblages.

Du Moyen Âge à la fin du XVIIIe *siècle, la condition des montagnards n'avait guère changé, sur les courants de misères. Ils remplissaient depuis toujours assidûment, avec les paysans, le rôle social auquel ils étaient décidément destinés : le rôle des tondus, des payeurs d'impôts, taillables et corvéables depuis le commencement des temps, et, à le croire, jusqu'à leur fin. Leurs représentants désignés, et désignés par eux, n'étaient rien d'autre ni de mieux que des fantoches, sans autre pouvoir représentatif, sans autre force de parole, en simple position d'intermédiaires entre cette plèbe à tondre et les tondeurs au pouvoir de la gouvernance.*

Les gouverneurs français qui administrèrent la Lorraine sous Louis XV et Louis XVI firent preuve tous autant qu'ils furent d'une extrême et caractéristique efficience dans la perception des taxes et impôts dont le peuple exsangue était, pratiquement à l'exclusive, submergé. La totalité de ces recettes fiscales alimentait les guerres et la cour royales, ses cohortes soldatesques et courtisanes, l'insatiable faim de revenus de la noblesse et du haut clergé, que les manœuvres ministérielles de l'État, d'emprunts en banqueroutes, ne parvenaient jamais à assouvir.

Les ministres se succédant ne parvinrent aucunement à réduire la faillite du Trésor ni calmer les grands désordres gouvernementaux. Quand ils voulurent forcer les parlements de Paris et des provinces à promulguer des édits opposés aux anciens droits, cela provoqua de graves troubles à Paris, Grenoble, Rennes… La réponse aux protestations énergiques du parlement de Nancy fut l'emprisonnement et l'exil, sur lettres de cachet, de plusieurs de ses membres.

En août 1788, le ministre de Brienne annonce la convocation des états généraux pour l'année suivante. La ponction massive des fonds de réserve des hôpitaux et œuvres d'assistance ne suffit pas à renflouer les caisses vides de l'État, ni à payer la totalité des rentes en pensions courtisanes.

Si les villes et capitales des provinces virent se réunir les assemblées de notables délégués, les campagnes en furent tenues écartées, l'ordre du tiers état qui les représentait se bornant à rédiger un cahier de doléances, en guise de projet de réforme. Les assemblées banales servent de cadre à la rédaction de ces cahiers de doléances. Pour les bans de la montagne, ce sont généralement les curés des petites paroisses qui sont adaptés à cette rédaction. Ces curés-là font partie du tiers état. Et du tiers état, l'abbé Sieyès que d'aucuns disent inspirateur de la Terreur, qui sera reçu à l'Académie française, écrit en 1789 :

Qu'est-ce que le tiers état ? – Tout.

Qu'a-t-il été jusqu'à présent dans l'ordre politique ? – Rien.

Que demande-t-il ? – Devenir quelque chose.

Le 20 juin 1789, les députés aux états généraux du tiers état, après avoir trouvé fermée, sur ordre du roi, la porte de la salle dans laquelle ils devaient se réunir, investissent une salle du Jeu de paume, se proclament Assemblée nationale, et font le serment de ne pas se séparer avant d'avoir doté la France d'un gouvernement constitutionnel. Louis XVI tentera de résister par la force, envoyant des régiments de mercenaires aux portes de Paris. La population se soulève avant que l'assaut soit donné…

Dans les vallées de la montagne des Bœufs Sauvages, la suppression des droits féodaux de seigneurs qu'on ne voyait pratiquement jamais est fêtée comme un événement libérateur d'importance. Par ailleurs, ni l'abbaye ni son chapitre n'avaient jamais exercé de pouvoir écrasant sur ses sujets administrés dans ses domaines. Les droits seigneuriaux exercés conjointement sur les sujets communs par l'église

Saint-Pierre et (après les ducs) le roi de France, nullement supprimés, revenaient à l'État. D'aucune manière, le peuple ne se souleva contre les dames de Remiremont – ruinées par le décret déclarant que « tous les biens ecclésiastiques étaient nationalisés et que l'État se chargeait des frais de culte », et qui furent en partie pillées par leurs propres chanoines émigrants… Toutes les possessions de l'abbaye furent déclarées bien national et « représentées » par des assignats…

Dans le sillage de la Révolution, plusieurs lois constitutionnelles de 1789, 1790 et 1791, que vota l'Assemblée constituante, morcelèrent le territoire français en quatre-vingt-trois départements, sans se préoccuper des anciennes limites des provinces, supprimant de ce fait toutes leurs barrières douanières et droits de circulation. Chacun des départements fut subdivisé en districts, et ceux-ci en cantons. Dans les cantons, les anciennes communautés nettement dessinées devinrent des communes, chacune conservant ses droits de propriété collective ainsi que les usages qui ne s'opposaient pas aux lois nouvelles.

Dans la montagne des Vosges à la population disséminée en vagues communautés dont les limites étaient plus ou moins nettement définies, il fallut se référer aux propriétés collectives et aux anciennes limites des bans, ce qui eut pour effet de souvent réunir plusieurs communautés en une seule commune qu'une seule administration régissait.

Les gens d'ici comme les autres faisaient désormais partie, enserrés dans les filets de lois communes, d'une même nation, qu'on disait indivisible et dont la tête se dressait quelque part, loin, de l'autre côté de la montagne, hors de vue, même depuis les hauteurs des sommets.

PAR LA FENÊTRE LES GROS FLOCONS dépliaient sans bruit leurs lentes guirlanderies.

– Je crois que l'hiver est venu, maintenant, dit doucement Maria.

Achevé d'imprimer
sur Roto-Page
par l'Imprimerie Floch
à Mayenne, en janvier 2011.
Dépôt légal : janvier 2011.
Numéro d'imprimeur : 78777.

Imprimé en France